無敵浪人 徳川京四郎

四

天下御免の妖刀殺法

◆

早見　俊

コスミック・時代文庫

この作品はコスミック文庫のために書下ろされました。

目次

第一話　幸せの家

一

享保十三年（一七二八）如月十日、梅が紅白の花を咲かせ、江戸は日々、春が深まっている。

徳川京四郎《とくがわきょうしろう》は、根津権現《ねづごんげん》の門前にかまえる自邸に設けた畑を、鍬《くわ》で耕《たがや》している。

真っ黒な土を掘り返しながら、

「よし、大根《だいこん》を植えるぞ」

と、京四郎は嬉しそうにつぶやいた。

京四郎がこの屋敷に住みはじめてから、一年近くが過ぎようとしている。

当初、旗本、御家人の屋敷街に浪人が住んでいるとあって、

「あの若いご浪人、公方《くぼう》さまの御落胤《ごらくいん》だってよ。なんでも、公方さまが紀州のお

殿さまのころにお手付きになさった、湯女《ゆな》のお子だってさ」

「まさか、いくらなんでも、そりゃ嘘だろう」

「おめえはわかっちゃいねんだ。ご浪人の面《つら》を見てみねい、公方さまによく似ていらっしゃるぜ」

「おめえ、公方さまのお顔を見たことがあるのかい」

「あるよ、錦絵《にしきえ》でな」

などと、好き勝手な噂話《うわさばなし》が交わされていた。

じつのところ、徳川京四郎宗道《むねみち》……現将軍・吉宗《よしむね》の御落胤でこそないものの、紀州藩主だった吉宗の父、光貞《みつさだ》が産ませた子である。

そして吉宗は、京四郎の母である貴恵《きえ》を、まるで実の姉であるかのように慕っていた。したがって京四郎は、れっきとした徳川家の一門だ。

喜恵の死後、京四郎は吉宗から、幕閣の重職に就くのを望まれたが、京四郎は自由闊達《かったつ》な暮らしを望み、根津の屋敷だけをもらい受け、以来、天下の素浪人を自称している。

そうしてさまざまな事件や問題に首を突っこみ、いつしか、「無敵の素浪人・徳田京四郎」などと呼ばれ、ちょっとした有名人にもなっていた。さすがに徳川はまずかろうと、市井では徳田を名乗っているためだった。

すらりとした長身、月代《さかやき》を残して髷《まげ》を結ういわゆる儒者髷《じゅしゃ》、鼻筋が通った面差《おもざ》しにあって、切れ長の目がひときわ美麗《びれい》である。

歳は二十六歳で、およそ浪人とはほど遠い、貴公子然とした風貌だった。

そんな京四郎の野良《のら》仕事を、松子《まつこ》という年増《としま》女が手伝っている。

しゃがみこんで草むしりをしているのだが、てきぱきとした所作《しょさ》で、鼻歌混じりに楽しげだ。

「松子、なかなか様《さま》になってきたな」

京四郎が声をかける。

「こちらの御屋敷に出入りするまで、畑どころか、庭の草むしりもしたことがなかったんですよ」

松子は京四郎を見あげた。

二十四歳の年増、瓜実《うりざね》顔の美人、髪は洗ったときのごとくさげたままの、いわゆる洗い髪。

薄桃《うすもも》色地に紅白の梅を描いた小袖が、よく似合っている。

小股《こまた》の切れあがったいい女……なのだが、色気を感じさせる膝《ひざ》や太股《ふともも》は拝めない。松子は女だてらに、草色の袴《はかま》を穿《は》いているのだ。

なにも、裾割《すそわ》れを気にしているからではない。また、草むしりのためでもなかった。理由は単純に動きやすいからである。

松子は読売屋《よみうりや》を営《いとな》んでおり、走りまわるのが仕事だというのが信条。それを実践するかのように草履《ぞうり》ではなく、男物の雪駄《せった》を履いている。もっとも、鼻緒は紅色で、そこに女らしさも備えていた。

京四郎がさまざまな事件や問題にかかわるのは、この松子が持ちこんでくるからであった。

「箱入り娘だからな」

からかうように京四郎が笑うと、松子は立ちあがり頼みこんできた。

「大根の種撒《たねま》きも手伝わせてくださいね」

「どうした、やけに熱心じゃないか」

「京四郎さまが、おっしゃっていたじゃないですか。人は土とともに生きるんだって。その意味が、わかるような気がしてきたんですよ」

紀州のころ京四郎は、早くから母に野良仕事を教わっていた。土とともに生きろというのは、そんな母の言葉であった。

そのため、紀州であろうが江戸であろうが、京四郎は畑仕事を続けている。

「そりゃ、感心なことだが、それだけではないだろう。おれに頼み事があるな。こんな芝居がかった真似をしたところからして、相当に難しい一件か」

京四郎の指摘を受け、松子は悪戯《いたずら》が見つかった子どものような顔で、舌をぺろっと出した。

「図星《ずぼし》か。なんだ、言ってみろ」

「断らないでくださいよ」

「そりゃ、用件次第に決まっているだろう。そのうえで、謝礼の内容を聞いて考えるさ」

「礼金と、美味しい物次第ってわけですか」

松子が言ったように、京四郎は頼み事に対しては謝礼を求める。

とはいえ、利に聡《さと》いわけではなく、けじめとして受け取るのだ。

したがって、礼金の多寡《たか》にはこだわらないし、美味い物と言っても、高級料理などは求めない。むしろ、場末の店にある、安価で美味い物が好みだ。

「言ってみろ」

京四郎にうながされ、

「今回の頼み人、娘さんなんですよ」

言いにくそうに松子は答えた。

「娘だってかまわんじゃないか。これまでだって、頼み事を引き受けてきたぞ」

「それが……十くらいの娘さんなんですがね……」

遠慮がちに松子は言い添えた。

「たしかにそりゃ、娘と言うより子どもだな。で、子どもがおれに、どんな頼み事があるんだ」

京四郎は首を傾《かし》げた。

「娘さん……お佐代《さよ》ちゃん、というんですけどね。そのお佐代ちゃん本人から、聞いてもらえませんかね」

松子は上目遣いになった。

「ふうむ……よかろう。子どもの頼みを無下《むげ》に断っては、寝覚めが悪いからな。話だけでも聞いてやるか」

京四郎が引き受けると、松子は安堵の表情で草むしりを再開した。

明くる十一日の昼さがり、京四郎は池之端《いけのはた》にある夢殿屋《ゆめどのや》にやってきた。

背縫いを境に左右の身頃《みごろ》、袖《そで》の色や文様《もんよう》が異なる片身替《かたみが》わりの小袖《こそで》を着流している。左半身が浅葱《あさぎ》色地に真っ赤な牡丹《ぼたん》、右半身は白地に咆哮《ほうこう》する虎《とら》が金糸で縫い取られ、紺色の帯を締めていた。

役者顔負けの華麗な装いは、うらぶれた浪人とはおよそ無縁だ。

加えて、儒者髷を整える鬢付《びんづ》け油と小袖に忍《しの》ばせた香袋が、甘くて上品な香りを漂《ただよ》わせてもいた。きりりとした面差しと相まって、将軍の血筋を感じさせる。霞《かすみ》がかった春空に映《は》え、京四郎の居るところ、美しい花々が咲き誇っているかのようだ。

「いらっしゃいまし」

満面の笑顔になった松子に迎えられる。

小上がりになった二十畳ばかりの店内には、読売のほか、草双紙《くさぞうし》や錦絵が並べられている。また、吉原《よしわら》の案内書である「吉原細見《さいけん》」も、最新版が売りだされていた。

夢殿屋の屋号は、聖徳太子《しょうとくたいし》が寝泊まりをした法隆寺《ほうりゅうじ》の夢殿にちなんで松子が名付けた。一度に十人以上の訴えを聞いた聖徳太子にあやかり、常に十件以上のネタが集まるよう、松子は奮闘している。

京四郎は松子の案内で、奥の小座敷に入った。

ほどなくして、松子に連れられ、娘が姿を見せる。十歳と聞いたとおり、あどけなさのなかに、おませな若娘の雰囲気も漂わせていた。

「お佐代ちゃん、遠慮することないのよ。京四郎さまはね、とってもお優しいし、お強いの」

お佐代の緊張をほぐそうと、松子は優しい口調で語りかけた。それでも、お佐代は緊張で固くなっている。

「どうだ、美味いぞ」

京四郎は、人形焼きの盛られた小皿を目の前に置いた。松子も、食べなさい、と笑顔で勧める。

おずおずとお佐代は手を伸ばして人形焼きを取り、口に運ぶ。

お佐代の顔から、笑みが漏れた。人形焼きを食べおえてから、あらためて松子がうながすと、お佐代はうなずいて、しゃべりはじめた。

「おとっつあんがおかしいんです」

はきはきとした口調からして、お佐代はしっかりとした娘なのだろう。

「おかしい……気が触れたのか」

怪訝《けげん》な顔で、京四郎は問いかける。

「違うんです」

お佐代は首を横に振り、なぜか恥ずかしそうにもじもじとした。

松子がふたたびうながすと、

「真面目《まじめ》に働きだしたんです」

意外なことを言いだした。

京四郎と松子は、顔を見あわせる。

「おかしくなんかないわ。むしろ、ありがたいんじゃないの」

松子が問いかけると、うまく説明できないようでお佐代は口ごもった。

「そうなんですけど……おっかさんが気味が悪いって。あたいも、おとっつあんじゃないような気がして……あ、いえ、おとっつあんに違いないんですけど」

そこで京四郎が確かめた。

「父親の名と生業《なりわい》は」

猪之吉《いのきち》という大工《だいく》だ、とお佐代は答える。

続いて、猪之吉の人となりを語りだした。

猪之吉は呑兵衛《のんべえ》で、二日酔いで仕事を休むことも珍しくなかったらしい。

棟梁《とうりよう》からは「腕がいいってのに酒が祟《たた》っていやがる」と、いつも嘆《なげ》かれていたとか。

「店賃《たなちん》も溜まってしまったんで、おっかさんが内職、あたいは洗濯や子守りをしていました」

稼ぎのほとんどを酒に使い果たすとあって、母のお里《さと》とお佐代が、懸命に働いていたのである。

「立ち入ったことを聞くけど、おとっつあんは、酔っぱらっておっかさんやお佐代ちゃんに手をあげたこともあるのかい」

松子の問いかけに、お佐代はうなずくに留《とど》めた。

「そんな猪之吉が、心を入れ替えたのだな」

京四郎の言葉を受け、

「仕事を休まなくなった……つまり、真面目に働くようになったんだね」

松子が確かめた。

そうです、と答えてから、お佐代は猪之吉の改心ぶりを語った。

それによると、仕事を休まなくなったのは当然として、朝早く起きて自分の家の前ばかりか、長屋中を箒《ほうき》で掃《は》き、おまけに他人にもきちんと挨拶をするようになったらしい。

「はじめのうちは、大家さんもどうせ三日坊主だろうって笑っていたんです」

それがもうひと月になる、という。さすがに長屋の連中も、薄気味が悪いと言っているそうだ。

「本来であれば、喜ばしいことなんだがな」

京四郎の苦笑混じりの言葉に、松子も賛同した。

「でも、おっかさんもお佐代ちゃんも、助かっているんでしょう」

「ええ、まあ……酔っ払って帰ってきて、あたしやおっかさんを叩くことはなくなりました。酔ったおとっつあんは大嫌いだったし、仕事を休んで朝からお酒を飲んでいるのも、嫌でしかたがなかった。それでも、いまのおとっつあんは、なんだか変な気がするんです。どうしてかっていうと……ごめんなさい。自分でもよくわからないんです。以前のように飲んだくれに戻ってとは思いませんけど、なんだか、おとっつあんじゃないような気がして」

気持ちを整理し、どう説明すればいいのか、お佐代は迷いながらも懸命に訴えようとしている。それが、松子にはいじらしい。

「それで、おれにどうしてほしいのだ。もとの呑兵衛に戻れって説得してほしいのか」

京四郎の問いかけは、聞きようによってはお佐代を突き離した冷たさを感じさせるものだったが、それだけ京四郎の戸惑いを物語ってもいた。

恐縮してお佐代は、「ごめんなさい」とお辞儀をした。

「謝らなくていいのよ。こういうことでいいんじゃないかしら。おとっつあんが改心した原因を突き止めるの。原因というか、きっかけがわかれば、安心できるんじゃないかしら」

松子の提案に、

「それがいいですね」

お佐代は勢いよく肯定した。

「わかったわ。京四郎さまは……」

引き受けてくれる、と松子は言いたかったが、考えてみれば京四郎の手を煩《わずら》わせるような一件ではないかもしれない。少なくとも、ちゃんちゃんばらばらの白《はく》刃《じん》が舞うような事態にはならないだろう。

「じゃあね、お姉さんが調べてみるわ」

松子の言葉に、お佐代は「うん」とうなずいた。

すると、

「おれが引き受ける」

意外にも京四郎が言いきった。

松子は、おやっとなって京四郎を見返した。それでも、お佐代の手前、反論できるものではない。

「お佐代、頼み事には礼が必要なんだ」

京四郎はお佐代に微笑んだ。

なにも、こんな子どもに礼金など要求しなくてもいいのに、と松子は京四郎の冷血ぶりを内心で毒づいた。しかし、これは京四郎なりの、けじめなのかもしれない。

「これ」

お佐代は紙入れからおはじきを数枚取りだし、京四郎の前に置いた。色とりどりのおはじきからは、いかにも父を心配する幼心が感じられた。

京四郎は手に取り、しっかりと首を縦に振った。

「たしかに受け取った。それと、一件が落着したら、なにか美味い物を食わせてくれ」

という京四郎の言葉に、

「なんでもいいのよ。お菓子でもなんでも」

松子が言葉を添える。

「じゃあ、おじや」

お佐代は即答した。

二日酔いの猪之吉のために、いつもお佐代はおじやを作っていたそうだ。

「それは楽しみだな」

うなずきながら京四郎は微笑《ほほえ》んだ。

二

お佐代が帰ってから、さっそく松子は真意を確かめた。

「どうしたんですよ。京四郎さまには、つまらない一件なんじゃありませんか」

「まあ、たしかにつまらなそうだがな……調べはじめたら、案外とおもしろくなるかもしれないぞ。思いがけなく、奥が深いかもしれん」

そう言うと、京四郎はおはじきで遊びはじめた。

「そうでしょうかね。あたしには、そんな気はしませんがね」

「松子は、猪之吉の改心の原因に、なにか見当がついているのか」

京四郎が問いかけると、松子は思案しつつ答えた。

「決めつけられませんけどね、以前、読売に取りあげたことがあるんですよ。猪之吉さんみたいに、飲んだくれじゃなくて、やたらと喧嘩《けんか》っぱやい男がいましてね。それで、大喧嘩のあげくに頭を棍棒《こんぼう》で殴られて気を失ったんですけど、目が覚めたら、それまでの荒い気性が消えて穏《おだ》やかな人間になったって、そんな例があるんです」

「すると松子は、猪之吉が頭を打ったと考えているのか」

「大工さんですからね。高いところで仕事をしているとき、うっかり足を滑《すべ》らせて落ちたってことも、あるんじゃありませんかね」

松子の推理を、

「どうも、得心《とくしん》がゆかんな」

京四郎は否定した。

「なにか思惑があると、勘繰《かんぐ》っていらっしゃるんですか」

「というより、そう単純な話ではないという気がするな」

京四郎は顎《あご》を掻《か》いた。

「京四郎さまが依頼を引き受けるにしても、ともかくまずはわたしが調べてみますよ」

松子は言った。


明くる日の朝、松子はお佐代が住む長屋を訪れた。早朝とあって、朝餉《あさげ》の支度《したく》や仕事に向かう者で忙《せわ》しい。

そのなかで中年の男が、

「行ってらっしゃい」

「お気をつけて」

などと、長屋の者に声をかけている。おそらく、猪之吉なのだろう。大工らしく半纏《はんてん》を重ね、腹掛けに紺の股引《ももひき》という格好だ。

背は高くはないが、がっしりした身体つき、日に焼けた浅黒い顔がいかにも働き者であるのを物語っている。

「おとっつあん、お弁当だよ」

案の定、お佐代が、風呂敷《ふろしき》に包んだ弁当を猪之吉に渡した。

「ありがとうな。今日はな、飴玉《あめだま》を買ってきてやるからな」

猪之吉が頭を撫でると、嬉しそうにお佐代は答える。

「うん、待ってる」

「じゃあ、行ってくるぜ。おっかさんのお手伝いをするんだぞ。いい子にしているんだ」

父親らしい気遣いと優しさを示しながら、猪之吉は出かけていった。

松子はそっとあとをつけた。

右肩に道具箱を担ぎ、左手に弁当を包んだ風呂敷包みを持っている。そのさまは、真面目な大工にしか見えない。


猪之吉は深川の屋敷へと入っていった。ここが普請場のようだ。

松子は中をのぞいた。

いくつかの建物の普請が進んでいる。大勢の大工や左官《さかん》、瓦職《かわらしょく》、鳶職《とびしょく》が働いていた。みな、どこか楽しそうだ。

いったい、どなたさまの御屋敷なのだろう。武家屋敷であろうか、少なくとも寺院や神社ではないようだ。

通りかかった大工風の男に、問いかけてみる。

「ずいぶんとご立派な御屋敷ですね。どなたさまの御屋敷ですか」

大工は松子を見返して、

「ここかい、ここは、てんどうさまの御屋敷だよ」

「てんどう……」

松子が首を傾げると、「天道」と大工は空に指で文字を書いた。

「どちらかのお大名ですか、それとも御旗本でしょうかね」

松子は問いを重ねた。

「尼《あま》さんだよ」

「尼寺なんですか」

それにしては、寺らしい建物が見あたらない。それに、尼寺を建立するのは容易ではない。幕府の許可が必要なのだ。

すると、

「あれが天道さまさ」

誇らしげな大工の視線を追うと、松子のように小袖に袴を穿いた女である。

ただ松子と違って肩まで髪を伸ばし、巫女《みこ》のようにおすべらかしに結っていた。

天道はにこやかな笑みをたたえながら、職人たちに声をかけている。松子と話していた大工も、ぺこぺこと頭をさげた。

天道は松子に気づいたが、とくに言葉を交わすわけでもなく、笑顔を浮かべたまま通りすぎる。慈愛に満ちた顔、漂う品格……髪をおろしていないし、装束からしても大工が言った尼僧というのは間違いのようだ。すると、いったい何者だろう。

「天道さま」

思わず松子は声をかけた。

振り向いた天道に、ずばり問いかける。

「畏れ入りますが、こちらはどういう御屋敷なんでしょうか」

「ここは幸せの家です」

なんら躊躇《ためら》うことなく、天道は答えた。

きょとん、となってしまった。すばらしいというより、怪《あや》しさを感じてしまうのは読売屋の性《さが》なのか。それとも、松子がへそ曲がりなのだろうか。

「幸せの家ってなんですか」

遠慮せず問いを重ねる。

「文字どおり、みなが幸せになれる家なのですよ」

天道は説明したつもりだろうが、答えになっていない。

「……よくわからないのですが、どうすれば幸せになれるのですか。こちらは、幸せになるための修行の場なのでしょうか」

松子なりに考えて質問をした。

「いいえ、お寺や修験道《しゅげんどう》の場ではありません。幸せになりたい人は、どなたでも受け入れますよ。修行や学問を積む必要はないのです。幸せを願う者すべてに、門を開いております。通《かよ》ってくだされば幸せになれますよ」

穏やかに天道は説明を加えた。

「あたしも幸せになれるでしょうか」

あらたまった様子で、松子は確かめた。

「なれますよ」

微塵《みじん》の躊躇いもなく、天道は答えた。

「でも、あたしは、とても不幸な女なんです。夫婦約束をした殿方がおりましたが身分違いということで反対され、それで自棄《やけ》になってしまって、女だてらにお酒に溺れ、借金をこさえてしまって……この世での望みなんかなくて、とっても悲しくて、本当にもう、生きてゆくのがつらいのです」

切々《せつせつ》と訴えかけるように、松子は語った。もちろん、咄嗟《とっさ》の作り話だ。

「大丈夫ですよ」

天道は、松子の肩に右手を置いた。いかにも、深い情をかけられているようである。

「そうでしょうか」

「お昼にいらっしゃい」

「お昼に、なにがあるのでしょう」

「わたくしがお話をいたします」

「法話《ほうわ》ですか」

「わたくしは尼僧ではありません。ですから、法話ではありません」

ますます正体が気になってくる。

「学問のないあたしでも、わかるのでしょうかね」

「どなたでも、わかっていただけますよ」

「本当ですか……でも、あたし、借金まみれでお金ないんですけど」

遠慮がちに松子は言った。

「お金なんかいりません」

「まあ……でも、ただってわけにはいかないんじゃないですか」

松子は普請場を見まわした。

「いりません」

ふたたび、きっぱりと天道は言いきった。

話を聞くのはただでも、御札《おふだ》やら数珠《じゅず》、仏像《ぶつぞう》などを、高い値で買わされるのではないか。尼僧でないとしたら、仏具は売れないかもしれないが、いかにも怪しげな品物を売りつけられるのではないか。

ともかく、多少の出費は覚悟するとして、天道には強い興味を抱いた。

天道は普請場をゆっくりと巡回してから、奥へと向かっていった。

横目に、猪之吉を見る。

猪之吉は大張りきりで、鋸《のこ》を使っている。大工仕事を、心から楽しんでいるようにさえ見えた。鼻歌が口をついて出てもいる。

猪之吉に声をかけようか。おそらく猪之吉の改心は、天道に影響されたからだろう。その辺の事情を確かめたい。

いや、まずは天道の話をもう少し聞いてみよう。そのうえで猪之吉の話を聞いたほうがいい、と松子は判断した。

三

昼になり、職人たちはおのおの昼餉《ひるげ》を終えてから、奥に向かった。松子以外にも、普請に従事していない男女も混じっていた。

奥には真新しい講堂ができあがっており、そこに、ぞろぞろと男女が入ってゆく。松子も講堂に入っていった。

三十畳ほどの畳敷きが広がり、男女でひしめいていた。どこに座ろうかと思って見まわしていると、

「ここ、座れるよ」

と、女房風の女が親切に膝を送ってくれた。松子は礼を言って横に座った。

「ありがたいね、天道さま」

感嘆の声で女は言った。その横顔は紅潮している。

ほどなくして天道が現れると、私語を交わしていた者たちが口を閉ざし、真剣な眼差しを送った。

穏やかな笑みを浮かべた天道は、まずみなに問いかけた。

「みなさん、お幸せですか」

いっせいに、

「幸せです！」

という声があがる。

松子は気圧《けお》された。目を爛々《らんらん》と輝かせ、声を嗄《か》らしている男女の様は、いかにも異様に映った。

「なに、この人たち……」

背筋がぞっとした。

みなの声が鎮《しず》まったところで、

「では今日も、みなさんが不幸せであったころの話をしていただきましょうか」

天道は見まわし、視線を猪之吉で止めた。

「猪之吉さんですね」

そうです、と猪之吉は答える。

「それでは猪之吉さん、お話しください」

優しく天道がうながすと、猪之吉は立ちあがり、ぺこぺこと頭をさげた。

「あっしゃ、まったく、なんて言いますかね……駄目も駄目って男でして。とにかく酒が好きでした」

ここまで語ってから、うまく話せなくてすみません、とふたたび頭をさげる。

「いいのですよ。ご自分の調子でお話しくだされば、それでかまいません。焦《あせ》らず、ゆっくりとお話しくださいね。上手に語る必要はありません」

天道はさらに優しく言葉をかけた。

恐縮した猪之吉が話を再開する。

「呑んだくれて、かかあや娘に迷惑をかけていました。ろくに銭金を渡さないもんだから、店賃は溜まってしまって、おまんまも食えない。でも、かかあや娘はこんなあっしに愛想を尽かすことなく、辛抱強く内職で暮らしを支えてくれたんですよ……」

猪之吉の声が震えてきた。

みな、真摯《しんし》に猪之吉の話を聞いている。

「あっしだって、酒を飲んでいる場合じゃないって悔いてはいたんですよ。でも、仕事を終えて縄暖簾《なわのれん》の前を通りかかると、つい足が向いてしまって……一杯ひっかけるだけだって言いわけをして……ところが、一杯が二杯になり、三杯になり、気がつきゃべろべろになって、千鳥足《ちどりあし》で家に帰るありさまでした」

そのころを思いだしたのか、猪之吉は苦い顔で自分の頭を拳《こぶし》で叩いた。その仕草が滑稽《こっけい》で、なかには笑いを漏らす者もいた。しかし、不謹慎《ふきんしん》な感じはせず、それどころか猪之吉の告白を盛りあげることになった。

猪之吉は気をよくして続けた。

「そんなときでさあ。ここで大工仕事をやっていると、天道さまに声をかけられたんですよ。猪之吉さんはお幸せですかってね。あっしゃ、答えに詰まったんです。かかあや娘を泣かしていますんでね、幸せのわけがねえんで。だけど、不幸せでございますって答えたら、失礼な気もしたんです。でもね、天道さまのお顔を見ているうちに、幸せのわけありませんや、って正直に言えたんですよ」

猪之吉が視線を向けると、天道は黙って話の続きをうながす。

「天道さまは、不幸せと思う理由を問われました。あっしは、正直に打ち明けましたよ。そうだ、このときも素直に隠しだてせずに話せたんです。呑んだくれで女房、子どもに苦労をかけているって。ろくに銭を渡さないもんだから、女房と子どもが内職で暮らしを立ててくれていることも話しました」

ここで猪之吉は息を継いだ。

「すると、天道さまはおっしゃいました。そんなすばらしい女房と娘さんを持った猪之吉さんは、決して不幸せじゃありません。それどころか、大変な幸せ者です。その幸せは、猪之吉さんの運勢がもたらせたものです。これからは、猪之吉さんの幸せを、奥さんと娘さんに分けてあげなさい……あっしゃ、その言葉に打たれましてね、その日を境に酒を断って、仕事に精進するようになったんです。そうしましたらね、酒を飲んでいたころよりも、ずいぶんと身体が楽になって、そうしますと、仕事にも身が入るようになって、かかあや娘も笑顔になったし、長屋のみなさんにも歓迎されるようになりましてね」

猪之吉は嬉しそうに顔を綻《ほころ》ばせた。

天道はみなを見まわし、諭《さと》すように語りかける。

「みなさん、猪之吉さんのように、身近な人に幸せを分け与えてください。そうすれば、自分もよりいっそう幸せになれますよ」

みな、目を潤《うる》ませて、天道の話に耳を傾《かたむ》けていた。

なかには、すすり泣く者もいる。

なおも天道の話は続く。

日々、生きていることに感謝し、家族を大切にし、他人への気遣いを怠《おこた》らぬよう、等々……落ち着いて聞けば、あたりまえの説法である。

「では、みなさん、お幸せに」

天道は話を締めくくった。

男女は顔を上気させて、講堂を出ていく。松子は席を作ってくれた女に、

「あの、相談があるんですけど」

と、語りかけた。

「え、なに……ま、いいわ」

幸い、女は受け入れてくれた。

猪之吉が改心した理由は、打ち明け話でわかったから、あらためて確かめるまでもない。この親切な女の話を聞こう。

松子は女と、近くの茶店《ちゃみせ》に入った。

女はお邦《くに》といい、芝神明宮近くの料理屋で女中をやっているそうだ。茶と草団子を頼んでから、松子は名乗り、読売屋で下働きをしていると偽《いつわ》った。

初対面の松子の相談に乗るくらいだから、お邦は人が好いようで、松子を疑う素振りもなかった。

「少々、立ち入ったことをお聞きします。もちろん、答えづらかったら、お話し

くださらなくてけっこうですよ」

まずは前置きをした。

お邦は、「なんでも聞いて」と笑みを広げた。松子はうなずき、

「お邦さんは、どんな悩みを抱えていたんですか」

「あたしはね、悪い男に引っかかってしまったのよ」

明るい口調はお邦らしいが、悩みが解決した喜びをうかがわせもする。

店に通っていた男だそうだ。優男《やさおとこ》であった。最初から優しく声をかけてくれて、
それで、お邦も男に好意を寄せるようになった。

「ある日、財布をすられてしまったって言って。少しだけお金を貸してくれないかって、頼まれたの」

はじめは、金一分だったそうだ。

「それがきっかけだった」

お邦は肩をすくめた。

それから男は、母親が病気だの父親が怪我をしたのと言っては、金を貸してくれと頼んできた。

「貸してくれって言っても、返したことなんかない。それでもあたしは、お店か

ら借金をして貸していたのよ。本当に馬鹿でした」

結局、お邦は金十両も男に貢《みつ》いだのだった。

「あたりまえだけど、十両は大金。でも、あの人のためだと思って……あの人と所帯を持つんだって」

声を詰まらせ、お邦は言葉を止めた。さすがに、苦い思い出がこみあげてきたようだ。

「そうしたらある日、盛り場で、男が若い女と一緒にいるのを見たのよ。とっても親しそうで、傍目《はため》からも顔が赤らむくらいの仲のよさで……」

お邦は男に、女のことを問いつめた。最初のうちは妹だなどと言って、とぼけていたが、次第に面倒になったのか開き直った。

「あの人はあたしに、手をあげた。おまえみたいな女に用はない、顔も見たくないって、ひどい言葉を投げつけて去っていったの。それで、もはや生きているのが嫌になってね」

人生に悲観したお邦は、首を括《くく》ろうと考えはじめた。

そんなとき、天道の評判を耳にした。死ぬ前に話だけでも聞こうと思って、足を運んだのだった。

「天道さまは、あたしの話をじっくりと聞いてくれたの」

「それで……」

興味を抱きつつ、松子は続きをうながす。

「話を聞き終えると、お邦さんはとても幸せですよ、と言ってくれたんだ」

「幸せ……」

首を傾げた松子に、お邦は笑みを見せた。

「あたしもわからなかった。自分ほど不幸せな女はいないって思いこんでいたからね。だから、変な慰《なぐさ》めはやめてくださいって、天道さまに食ってかかってしまってね」

「そりゃそうでしょう。お邦さんの気持ちはよくわかるわ。それで、天道さまはなんとおっしゃったの」

「お邦さんは生きているじゃないですか。男に騙《だま》されてもっと大金を貢がされたあげく、廓《くるわ》に売られたり、自害したりする女の人も珍しくありません。お邦さんは悪い虫に刺されましたが、幸せなことに、これから立ち直れるのです。そればかりではありませんよ、これで、お邦さんは男に対する目が肥えたのです。よかったですね。これからは悪い男を見定められます。大きな幸せですよ……と、おっしゃって。あたし、とっても気が楽になったの」

幸せそうに話し終えたお邦に、それは本当によかったですね、と松子は同調してから、思いついたように尋ねた。

「あたしも天道さまに相談したいのだけど、どうすればいいのかしら。お金はどれくらいかかるのですか」

「順番に話を聞いてくださるわよ。それと、お金はいらないの」

お邦の表情からして、嘘を吐いているようには見えない。

「……たとえば、御札《おふだ》とか買わなければいけないんじゃないんですか」

「いいえ、なにも買わないわよ」

お邦の答えに、すっかりと松子は困惑してしまった。

「でも、ご立派な建物には、ずいぶんとお金がかかっているんじゃないですか。それとも、天道さまはよほど裕福なお方なのかしら」

という松子の疑問に、

「さあ……」

お邦は首を傾げるばかりだった。

心の底から天道に感謝し、微塵の疑いも抱いていないのだろう。

天道は尼僧ではなく、幸せの家は寺院でも神社でもない。しかし、幸せの家に集《つど》う者たちは、まさしく熱心な信徒であった。

四

夢殿屋に戻ると、松子はすぐさま天道の一件を、京四郎に報告した。

「天道か……善意の塊《かたまり》のようだが、そういう奴ほど、邪悪な素顔を持つ……と松子は勘繰っているんだな」

京四郎は言った。

「そりゃ、勘繰りたくもなるでしょう。いっさいのお金を取らない、儲けとは無縁の者なんて、きっと大きな企《たくら》みがあるんですよ」

「読売屋の勘《かん》が働いたのか」

からかうように京四郎が言うと、むっとして松子は強調した。

「きっと、なにかありますって」

「わかった、わかった」

京四郎が苦笑混じりに宥《なだ》めると、松子は懇願《こんがん》の表情を浮かべた。

「そういうわけなんで、京四郎さま、一緒に行ってくださいよ」

「幸せの家にか」

乗り気ではないように、京四郎は答えた。

「お願いしますよ」

「そりゃ、読売のネタにはなるかもしれんがな」

どうせ暇《ひま》だし行ってやるか、と京四郎は承知した。

「そうこなくちゃ」

松子が機嫌を直したところで、

「あの……」

と、女が訪ねてきた。

立ちあがった松子が対応すると、女は里《さと》と名乗り、おずおずと素性を打ち明ける。

「娘からこちらのことを聞きまして。わたし、お佐代の母親なのですが」

「ああ、お佐代ちゃんの……」

あがってください、と松子はお里を迎え入れた。

「猪之吉さんのことですね」

確かめると、すぐにお里は、そうです、と答えてから、

「なにかわかったのでしょうか……あら、ごめんなさい。すぐにわかるわけがないですよね」

恐縮して、お里は何度も頭をさげた。

「それがね……」

松子は、猪之吉が「幸せの家」で大工仕事をしており、そこの主《あるじ》である天道の説法を聞いて改心したようだ、と伝えた。

「まあ、うちの人が……でも…信心なんかとは無縁の人ですよ」

ますます、お里は戸惑ったようだ。

「それがね、あたしもよくわからないんですけど、天道さまの教えは、信心とはちょっと違うようなんですよ」

「そうなんですか」

お里は首をひねったままだ。

「でもね、猪之吉さんは決して悪事に加担したり、邪念に染まったわけじゃありませんから。その点は安心してください」

松子の言葉を受け、お里も幾分かは安心したようだ。

「じゃあ、悪い人たちに騙されているわけじゃないんですね」

「そうですよ」

「よかった」

胸を撫でおろしたお里に、京四郎が問いかける。

「猪之吉は相変わらず真面目に働いているんだな」

「もう、人が変わったように」

お里は言った。

「心配はないわよ。猪之吉さんは、お里さんやお佐代ちゃんのために真人間になったのよ。お佐代ちゃんにもそう言ってやってくださいな」

「わかりました」

お里はうなずいたが、どこかぎこちなさが目についた。

「どうした、なにか心配事でもあるのか」

京四郎の問いかけに、お里は躊躇いを見せる。

「気のせいかもしれないので」

すると松子が、優しげにうながした。

「いいじゃない、話して。少しでもわだかまりがあるんじゃ、気になってしかたないでしょう。さあ」

ようやくのことお里は、「些細《ささい》なことですが」と断りを入れてから、

「普請場に行くと極楽気分になるって、言ったんですよ」

おかしなことを言うものだ、とお里は気味悪く思ったという。

「それは……天道さまの説法を聞くと、極楽のようなよい気持ちになるってことかしら」

松子の言葉を受け、お里はうなずきつつも不審そうな表情をする。

「そうだと思うんですけど……天道さまというお方のことを知りませんでしたから、どうして仕事で極楽気分になるんだって、そりゃもう気味が悪かったんです。それと以前は、幸せだとよく言っていたんですが、ここ数日は極楽気分だって」

「幸せを感じているから、極楽気分なんじゃないのかしら」

松子は京四郎を見た。

「それは、そうだろうがな。たしかに少し引っかかる。幸せから極楽か……似ているようでいて、違うような……」

京四郎は考えこんだ。

「あんまり気にすることないですよ。極楽だったら、つまり幸せなんですから」

松子らしい大雑把《おおざっぱ》さである。お里も自分に言い聞かせるように、

「そうですよね」

と納得つつ、お礼の言葉を述べたてて帰っていった。


「行ってくる」

お里がいなくなるや、京四郎は腰をあげた。

松子も同行しようとしたが、

「おれだけでいい」

と、京四郎は松子の同行を断った。

不満そうな松子に、

「ちょっとした考えがある」

「お考えとおっしゃいますと」

かえって松子は、興味を抱いてしまったようだ。説明しないことには、納得しそうにないだろう。

「これまでの話は、いずれも心の悩みだ。猪之吉の呑兵衛ぶり、お邦は男の災難だ。つまり、心の持ちようで更生したり、立ち直ったりできる。天道とやらは、

悩める者たちの話をじっくりと聞く。人というのはな、悩み事を他人に打ち明けると、解決はしなくてもずいぶんと気は楽になるものだ」

京四郎の考えに、

「たしかに、自分だけで抱えこんでいると、底なし沼のように悩みが深まるばかりですね」

松子も心あたりがあると言い添えた。

「多少は気が楽になったところで、天道はもっともらしい御託《ごたく》を並べたてるのさ。天道の言葉は、乾いた砂に注がれる水のように吸いこまれるだろう。気持ちが切り替われば……つまり、自分は決して不幸せではない、と思えれば、逆に幸せを感じるものさ。そして、天道への感謝となる」

京四郎の言葉に、松子も納得の表情を見せる。

「そのとおりですわ」

「だが、気の悩みではない場合はどうだろうな。たとえば、貧しさだ。空きっ腹を抱えて今日の飯にもありつけない者は、心が満たされても腹は膨《ふく》れぬ。腹を減らしたままでは、どんな説法も耳に入らない。天道の幸せの家には、飢えた者も来ているんじゃないか……それを確かめる。それから、病だな。神仏にすがったところで死からは逃れられんが、癒える病なら悩みになる。さて、天道は飢えた者と病の者に、どう対処しているのだろう。そしてなにより、天道の魂胆《こんたん》だ。一文にもならない施しの裏に、なにがあるんだろうな」

おもしろそうだ、と京四郎はニヤリとした。


京四郎が幸せの家を訪れてみると、夕暮れが近いとあって普請の仕事は終わっていたが、まだまだ人で溢《あふ》れていた。どうやら、屋敷内で炊きだしがおこなわれているようだ。

なるほど、飢えた者への対処というわけだ。

幸せの家の奉公人と思《おぼ》しき女たちが、集まった人々に粥《かゆ》の椀《わん》を渡している。炊きだしを横目に、京四郎は奥へと進んだ。

対応に出てきた使用人らしき女に取次《とりつぎ》を頼むと、ややあって天道が姿を見せた。ど派手《はで》な小袖を着流した京四郎に興味をそそられたのか、天道は不思議そうに問いかけてくる。

「いったい、どのようなご用件でしょうか。とても、炊きだしにまいられたようには見えませんが」

「炊きだしより、ほかに興味があってな……あんたが天道さんかい」

気さくな調子で京四郎が確かめると、「そうです」と天道は笑みを返した。

「ちょっと、あんたと話をしたいと思ってね」

「それはいっこうにかまいませんが……ところで」

天道は、京四郎の素性が気になるようだ。

「おれは天下の素浪人、徳田京四郎だ」

京四郎が名乗ると、

「ご浪人さまですか」

しげしげと天道は眺《なが》めてくる。

たしかに、片身替わりの華麗な小袖、鬢付け油が香る京四郎は、とてものこと浪人には見えないのだろう。

それでも天道は、京四郎にさらなる興味を抱いたようだ。

「徳田さま、なにかお悩みを抱えていらっしゃるのですか」

「じつは、病に苦しんでいるんだ」

答えてから、ここでは話しにくい、と言い添える。

「これは、失礼しました。では、奥にいらしてください」

天道に導かれ、京四郎は講堂に入った。三十畳の大広間ではなく、奥の座敷に入っていく。

しばし、天道は文机《ふづくえ》で筆を走らせたあと、京四郎に向き直った。

松子が言ったように、天道は柔和《にゅうわ》な笑みをたたえた優しげな女で、歳は二十四、五だろうか。小袖に袴を穿き、背中まで垂れる黒髪は丈長《たけなが》で結っている。

髪は目にもあざやかな光沢を放ち、瞳は清流のように澄み渡っていた。

「天道と申します」

あらためて天道は静かに名乗り、まずは温まってくださいと火鉢《ひばち》を見た。

「寒くはないよ」

京四郎が返すと、

「病を抱えておられるとのこと。手を炙《あぶ》れば血のめぐりがよくなりますよ。血のめぐりがよくなれば、身体もよくなります」

天道の言葉はもっともだ。

逆らうこともなかろうと、京四郎は火鉢に両手をかざした。

「あらためて申すが、おれは徳田京四郎、ご覧のとおりの浪人……あ、いや、浪人には見えぬか」

快活な笑い声をあげた。うなずくと、天道は相談内容を問うた。

「このところ、どうも熱っぽいのだ。歩けないほどではないのだが……それに、気怠《けだる》い。どうやら労咳《ろうがい》かもしれぬ。三日に一日くらいは気分がよくなり、気晴らしに出歩いている。それで、こうしてやってきた。労咳は死の病と聞く。残り短い生をまっとうせねばという思いと、死を恐れるあまり自暴自棄にもなる。ここは幸せの家、通えば誰でも幸せになれると聞いたが、労咳を患《わずら》った者も幸せになれるのか」

台詞《せりふ》の途中にも、京四郎は何度か咳をした。

「もちろん幸せになれますよ」

微塵の躊躇いもなく、天道は答える。

ここぞとばかりに、京四郎は問いかけた。

「あんた、気の持ちようを説くかもしれないが、そんなもんじゃ、おれは幸せを感じない。はっきり言えば、労咳が治る薬が欲しい。そんな薬を提供できるかい」

京四郎の挑発に、

「災いから逃《のが》れることのできる薬はあります」

匂いたつような笑顔で、天道は返した。

「へ～え……そいつはありがたい。じゃあ、その薬を天道さんから買えばいいんだな」

これで尻尾をつかめる。おそらく、法外な値で効きもしない薬を売りつけるのだろう。

もっとも、病は気から、とも言う。幸せの家に通う者のなかには、効能がなくても、天道さまから勧められたありがたい薬だと思って服用すれば、平癒する者もいるかもしれない。

だが、平癒しないまま死んでしまったら、遺族にどう言うのだろうか。たぶん、薬のおかげで極楽往生できましたよ、とでも、しれっと語るのだろう。だとすれば、まさしく騙り者だ。

ところが、

「日本橋本町の薬種問屋《やくしゅとんや》、越中屋《えっちゅうや》さんで、万病丹《まんぴょうたん》をお買い求めなさりませ」

天道は文机の上から紙を取り、京四郎の前に置いた。

流麗な文字で、「万病丹」と記してある。

幸せの家で売っているのではないということか。幸せの家は、いっさいの利を求めない、ということか。

さては、天道の狙いはこれか。

天道は越中屋とつるみ、「万病丹」なる怪しげな薬を売って、暴利を貪《むさぼ》っているのだろう。であれば、越中屋に乗りこんで、企みを暴きたてるしかない。

「万病丹……どんな病にも効く薬かい」

怪しげだと思いながら、京四郎は値を確かめた。

「四文です」

天道は即答した。

「四文……」

聞き間違えか。

「四文に違いありません」

天道は強調した。

蕎麦一杯でも十六文する。それが、万病の特効薬が四文か。戸惑《とまど》う京四郎に何粒かの丸薬が紙袋に入っている、と天道は言い添えた。

「四文で命拾いすれば安いものだな」

拍子《ひょうしぬ》抜けしながら、京四郎は返した。

「では、お身体、くれぐれもご自愛くだされ」

天道は微笑んだ。長い睫毛《まつげ》が微風に揺れ、ほのかな色香が漂う。

「今日の相談料というか、謝礼はいくらだ」

京四郎の問いかけに、

「いりませんよ」

当然のように天道は返した。


いったい、天道の魂胆はなんだろうか。

化けの皮をはがすつもりが、ますますわからなくなった。幸せになれると言って、万病丹なる薬を買わせる企みか。しかし、四文の薬を千人に売っても四千文、つまり、金一両だ。

一両は大金ではあるが、このような屋敷を構えてまでして稼ぐには、いささか少額と言えよう。さらに、売上を越中屋と分けるとすると金二分にしかならない。

釈然としないまま、京四郎は越中屋に足を向けた。


越中屋のある日本橋本町三丁目は、薬種問屋が軒《のき》を連《つら》ねている。往来を歩いているだけで薬の匂いがして、それだけで病を患ったような気になってしまう。

そのうちの一軒、間口十五間という大店《おおだな》が、越中屋だ。

暖簾をくぐると、土間を隔《へだ》てて小上がりになった板敷が広がり、薬種の匂いが鼻をついた。越中富山の薬売りに由来した店名に反して、店内には清国《しんこく》渡来のさまざまな漢方薬が陳列棚に並べられている。

手代《てだい》に万病丹を求めると、紙袋を差しだしてきた。味もそっけもない文字で、「万病丹」と記されている。四文を渡し、表に出た。

紙袋を開けると、黒くて丸い粒状の塊《かたまり》が四つある。一粒一文というわけだ。

「これで労咳が治るのか」

手のひらに転がすと、一粒を口の中に放りこんだ。嚙み砕くと、苦味が口中いっぱいに広がる。

「良薬は口に苦し……か」

顔をしかめてつぶやく。

薬が効くのかどうかはわからない。

そもそも労咳なんぞではないし、万病に効く薬なんぞあるはずもない。

どうしても疑問が解けず、京四郎は越中屋に戻ってみた。

主人に確認したところ、なんと天道とは無関係だという。会ったこともない、と主人はきっぱりと否定した。

肝心の万病丹は、四年前に売りだしたそうだ。

越中屋と天道につながりはない……果たして信じていいものかどうか。

本当だとすれば、天道はなぜ越中屋の万病丹を推奨したのだろう。宣伝し、越中屋に恩を売ろうという魂胆であろうか。しかし、天道が勧める前から越中屋は万病丹を売ってきたし、売れてもいるという。

もちろん、天道の推薦で多少の売上は増しているのだろうが……。


翌朝、夢殿屋で京四郎は、松子に幸せの家訪問の経緯を話した。

「京四郎さまったら、仮病を使って天道を探るなんて、驚きましたよ」

「労咳を騙ったままではよかったが、かえって謎が深まってしまった」

京四郎は苦笑した。

「でも、天道が薬で儲けようとしているらしいとわかったじゃありませんか」

「儲けと言っても、たいしたことはない。少なくとも、あんな立派な屋敷を構えて商うものではないさ」

「そうですよね……でも、薬という手がかりは得られた。あたし、もう一度、幸せの家を探ってみます」

松子は闘志を燃やした。


昼八つ半になって、今度は松子が幸せの家を訪れた。

天道は留守らしく、これ幸いと、奉公人からあれこれと聞きこんでみる。

ひと月ほど前、天道は長崎からやってきたそうだ。

最初のうちから、天道は金まわりがよかった。火事で焼失した商家からこの土地を買い取り、建屋を建てて炊きだしをはじめた。

たちまち、天道の施行は評判となった。

そして炊きだしのかたわら、人々の相談に乗るようになったのだとか。


夕闇が迫ったころ、帰ってきた天道は、松子の面談に応じた。

「どうしましたか……あ、そうでしたね。悪い男と……」

天道がここまで話したところで、

「あのことはもういいんです」

はっきりと松子は否定した。

天道が疑問の表情を浮かべる前に、

「病なんです。血の道の病がひどくって……」

あわてて手で胸を押さえて、松子は言った。

「それはいけませんねえ」

同情を寄せるように、天道は返した。

きっと万病丹を勧めてくるだろうと踏んで、松子は機先《きせん》を制した。

「天道さまお勧めの万病丹というお薬があると耳にしましたので、越中屋さんで買ったんですよ。でも飲んでみたけど、なんだか効き目がなくて」

「ずいぶんと顔色はよくなっておりますよ」

天道の顔には、一点の曇りもない。話を先まわりされても、不快な表情は見せなかった。

「お命は取りとめたのでしょう。たしかな効き目ではございませぬか」

「そりゃあ、死んじまったわけじゃありませんが、苦しみからは逃れられませんよ。ほんと、効くんでしょうかね」

松子が責め口調になっても、

「かならず治る、治ったら幸せになる、という思いを抱きながら、お飲みになることですよ」

けろりと天道は言ってのけた。

「あたしは、幸せになりたい気持ちが少ないんですか……」

屁理屈《へりくつ》だと内心で毒づきながら、松子は目を凝《こ》らした。

「わたくしや万病丹に対して、心のどこかに疑いの気持ちがあったのです。疑念は不幸せを育《はぐく》みますよ」

そこで天道の目が、わずかに厳しくなる。

「万病丹を勧める拠《よ》りどころはなんでしょう」

「幸せになれるからですよ」

どこまでも人を食った物言いである。

「どうして幸せになれるのですか」

腹が立つのをこらえ、問いを重ねる。

「さきほども申しましたでしょう。疑いは不幸せを招くのです。何事も、地道な努力はつきもの。一度や二度、飲んだところで、すぐに効能が現れるお薬などありませぬ」

賢《さか》しら顔で天道は言った。

「はあ……ですが、朝昼晩を二日、飲んでいるんですけどね……」

またしても鎌《かま》をかけてみた。

すると天道はひと呼吸置いてから、

「あなたはお酒を飲みますか」

意外な問いかけをした。

戸惑いながらも、松子は答える。

「少しくらいは……」

「お酒は気分がよくなることもありますが、過ごしますと翌日の暮らしにも差し障《さわ》りが生じます。お酒は百薬《ひゃくやく》の長《ちょう》ですが、劇薬でもあるのです。万病丹は決して劇薬ではありません。日々、幸せを願いながら、感じながら末永く服用することで、効能が現れるのですよ」

諭すように、天道は松子に語りかけた。

どこまでも食えない女だと、松子は呆《あき》れると同時に感心もした。

これ以上、話しても無駄だ。なにか尻尾をつかまないことには、天道は追いつめられない。天道の企みを暴かねば……。

母屋を出ると、庭では大きな釜が並べられ、炊きだしがおこなわれていた。女たちが列を作る者たちに椀を配り、粥をよそっている。

そのまわりでは、子どもたちが遊んでいた。毬《まり》つきをする少女を少年が邪魔をして、みな楽しそうだ。茜空《あかねぞら》に響く子どもたちの笑い声に、思わず心が和《なご》む。


帰り道、松子は越中屋に立ち寄ってみた。すでにあたりは暗くなっていて、往来に人影はない。

なにか様子がおかしい。

店に足を踏み入れると、主人の善右衛門《ぜんえもん》が茫然《ぼうぜん》と座っていた。行灯《あんどん》に照らされた店内は荒れている。薬の陳列棚がひっくり返され、薬種が散乱していた。

盗賊にでも入られたのだろうか。

物が散らかっていない板敷に座り、善右衛門から話を聞いた。

なんでも、万病丹が売り切れてしまい、買いにきた客たちが暴れたそうだ。

彼らは、越中屋が売り惜しみをしている、値をつりあげる気だ、と勘繰って、憤慨したのだった。

不幸中の幸いと言うべきか、善右衛門を含め、奉公人に怪我はなく、銭金や薬種が略奪されもしなかったという。

頭に血がのぼった連中がよく鎮《しず》まったものだ、と尋ねると、暴動が激しくなって手代を奉行所に向かわせたところで、天道がやってきて彼らを諭したらしい。天道は彼らを連れて、越中屋を立ち去っていった。

略奪しなかったとはいえ、店内に踏みこんで暴れたのは事実だ。

松子が訴えるよう勧めると、素性のわからない見知らぬ者たちを訴えようがない、と善右衛門は残念そうに語った。

夢殿屋に戻ると、京四郎が待っていた。

さっそく天道とのやりとりを報告し、万病丹をめぐる越中屋の騒動も語った。

「天道の狙いは、やっぱり万病丹の売りこみに違いありませんよ」

そう言ったものの、自信がないのか言葉尻に力が入っていない。

「それにしては、越中屋と利を分けているとは思えぬし、一袋四文ではたいした儲けにはならないぞ。それに、売り切れとなって店で暴れてもいる。越中屋としてみれば、むしろ損をしたかもしれぬ」

京四郎の疑問は松子も同様で、

「そうなんですよね」

頭を抱えんばかりに、ため息を吐いた。

「つくづく、謎めいた女だな……長崎からやってきたんだったな」

「そう聞きましたよ。大金を持っていたって」

「長崎でなにをやっていたんだろうな。大金がいくらかはわからんが、屋敷を構え、炊きだしをおこなうくらいだから、百両や二百両ではないだろう」

京四郎の推測を受け、松子も考えを述べる。

「千両……いえ、二、三千両かもしれませんね。女の身でそんな大金を手にしたのは……長崎には、交易で財を成す商人が何人もいます。そうした商人に囲われていた、とか。勝手な想像に過ぎませんけどね」

「何者なのかはともかく、天道の狙いを突き止めなければな。越中屋を襲った連中を、天道は手なずけた。連中は天道の意のままになるだろう。天道は尼僧ではないし、幸せの家は神社でも寺でもないが、信徒を得たようなもんだな。しかも、熱心な信徒だ」

京四郎の言葉に松子は、「まあ怖い」とつぶやいたものの、

「でも、いくら尊敬されようと、天道は神さまや仏さまじゃないんですから、意のままに操るまではできないんじゃないですか」

「いや、そうでもない。戦国の世、法主顕如《けんにょ》の命令で、大坂本願寺《おおさかほんがんじ》の門徒は命がけで織田信長の軍勢と戦った。死を恐れないどころか、仏敵信長との合戦で命を落とせば極楽往生を遂げられる、と信じられたのだ」

と、疑問を呈した。

淡々と京四郎は述べたてた。

「つくづく、泰平の世でよかったですね」

そんな松子に追い討ちをかけるように、京四郎は続けた。

「戦の場では、人は気が高ぶる。それゆえ、命知らずの鑓働《やりばたら》きをする者も珍しくはない。ところが本願寺の門徒は、平時でも法主に命を捧《ささ》げていたのだ」

顕如の法話がある際には、大勢の門徒たちが門にひしめく。いまかいまかと開門を待ち、門が開くと同時に、境内《けいだい》に雪崩《なだ》れこむのだ。顕如の面前で法話が聞けるよう、一目散《いちもくさん》に本堂を目指すためである。

ある日、ひとりの門徒が転倒してしまい、そこに何人もの門徒が折り重なり、数人が圧死した。すると、法主さまの法話を聞くために圧死したのだから、極楽往生できる、という流言《るげん》が飛んだ。

「それを信じて、わざと転ぶ者たちが現れる始末だった。さすがにそれはまずかろうと、顕如も止めさせたそうだ。つまり、たとえ生身の人間でも、頭に血がのぼった門徒、信徒からは、神仏同様の尊敬を受けるってことだな」

京四郎の説明に、松子は深くうなずいた。

「天道は、まさに顕如並みの影響を持っているんですかね。意のままに操れるのでしょうか。戦の世なら、合戦という場があり、極楽往生という大きな希望がありました。それに代わるものが、天道にはあるんですかね。万病丹では心もとないのでは……」

「それをいまから確かめてみるか。夜のほうが、よけいな信徒も少なかろう」

京四郎が立ちあがった。


京四郎と松子は、ふたたび幸せの家にやってきた。

京四郎は、片身替わりの小袖、右半身は萌黄《もえぎ》色地に金糸で飛翔《ひしょう》する二羽の鶴《つる》が描かれ、左半身は白地に真っ赤な牡丹の花をあしらっている。

腰に差しているのは、妖刀村正《むらまさ》である。

妖刀村正……。

その二つ名が示すように、不吉で呪われた刀だ。

徳川家康《いえやす》の祖父・松平清康《まつだいらきよやす》の殺害に使用され、父広忠《ひろただ》も家臣に手傷を負わされた。そして、家康も村正の鑓で怪我をし、嫡男の信康《のぶやす》自刃の際に介錯《かいしゃく》に使われたのも村正であった。

さらには、大坂の陣で家康を窮地に追いこんだ真田幸村《さなだゆきむら》も、村正の大小を所持していたという。

徳川家に禍《わざわい》をもたらす妖刀を、京四郎は将軍吉宗から下賜《かし》された。

母が没して数日後、紀州藩主であったころの吉宗が弔問に訪れた際も、自分に仕えるよう勧められたが、京四郎は断った。その後、吉宗が将軍となると江戸に呼び寄せられ、幕府の重職に就くか、どこかの大名に成るよう勧められた。

あいにく京四郎は権力にも財力にも興味はなく、縛られる暮らしが嫌だった。

それで、屋敷ひとつのみを所望し、江戸での気ままな浪人暮らしを望んだ。

みずからの甥同然として京四郎と接してきた吉宗は、ここでも風変わりな若侍の気性を気に入り、大笑しつつ望みを許した。そして、気が変わったら名乗り出よ、と、徳川家の証しとして刀を与えると言ったのだ。

望みの名刀、業物を問われ、そのとき京四郎は、村正を所望した。

もちろん、吉宗は村正の伝承を鑑《かんが》みて躊躇ったが、徳川家に災いをもたらした村正に打ち勝ってみせます、という京四郎の返答をたいそう気に入り、授《さず》けてくれたのだった。

母屋《おもや》から灯りが漏れ、庭に面した広間の障子《しょうじ》に、大勢の男女がうごめく姿が影絵のように映っている。

京四郎と松子は足音を忍ばせながら、庭を横切った。草むらに足を取られそうになりながら、母屋の戸袋《とぶくろ》の陰にひそむ。次いで縁側にあがると、指で障子に穴をあけた。

雲間からのぞく月が冴え冴えとし、火の用心の声が野良犬の遠吠えに重なる。春とはいえ、身を切るような寒風に吹かれ、両の手がかじかむ。松子は両手に熱い息を吐きかけながら、中の様子をうかがった。

三十人ほどの男女がいる。広間のいたるところに燭台《しょくだい》が立てられ、百目蠟燭《ひゃくめろうそく》の明かりに揺らめく彼らの顔は、喜びと期待に満ちている。

猪之吉を探したが、幸か不幸か見つからなかった。

炊きだしをおこなっていた女たちが、広間の四方に立っていた。

「これなるは万病丹以上の薬です。はるか唐天竺《からてんじく》からもたらされた妙薬ですよ」

奥に座した天道が、頭上に紙袋を掲げた。

男女がざわめく。天道の脇には錫杖《しやくじよう》が置いてある。

「この薬を飲みますと、この世ばかりかあの世での幸せが約束されるのです」

天道の瞳が蠟燭の明かりで、妖艶《ようえん》な輝きを放った。この薬を売りつけるために、万病丹を出汁《だし》に使ったのか。唐天竺渡りの妙薬……どれほどの高値で売りつける気だろう。

ところが、京四郎の予想はまたしても外れた。

「お金はいりません」

天道が静かに告げると、どよめきが歓声に変わった。

「ここに、みなさまの分がございます。受け取りなされ」

四方の女たちが、天道から薬の入った紙袋を受け取り、男女の間を配って歩いた。みな感謝に身を震わせながら、恭《うやうや》しく両手を差しだす。

みなに行きわたったことを見定めてから、天道は説明をはじめる。

「この薬は飲むものではありません」

紙包みを開くと、黒い粉が現れた。天道は煙管《きせる》を手にし、

「これを、このように」

と、粉を詰めた。

「煙草のように吸えばよいのです」

ふう、と大きく息を吐く。

集まった者のひとりが煙管を取りだし、天道を真似て吸った。煙管を持っていない女には、手伝いの女たちが配った。

「さあ、もっと吸いなさい」

勧められるまま、数人が煙を吸っていく。やや躊躇っていた者も、極楽浄土におるようだ、と目を虚ろにした男がつぶやくと、争うように吸いはじめた。

「みなさん、お知り合いにも教えてくださいね。幸せは分かちあわないといけません」

天道は穏やかに告げた。

「天道の奴……」

ようやくのこと全貌がわかり、京四郎は歯軋《はぎし》りした。

「京四郎さま、あの薬は、いったいなんですか。みなさん、いい気分に酔ったようですね。吸っただけで極楽気分を味わえるなんて……猪之吉さん、この薬のことを言っていたのかしら。でも、なんだか怖いですよ。吸ったら平生《へいぜい》でいられないようで」

食い入るように見つめる松子に、ぽつりと京四郎は答えた。

「アヘンだな」

「アヘン……」

講堂内を見ていた松子が、思わず京四郎に向き直る。

「芥子《けし》の実から採れる汁を乾かして作る薬種だ。吸うと幻を見て、気分がよくなるそうだ。それだけならまだいいが、吸い慣れると中毒になる。そうなったら、やめられなくなってしまい、人としての暮らしが送れなくなるのだ」

「まあ……」

思わず拒絶するように、松子は両手で襟《えり》を引き寄せる。

天道はアヘンを配るのが目的だったのだ。越中屋の万病丹は、アヘンの撒餌《まきえ》に違いあるまい。万病丹を使って己が信者とした者たちに、よりいっそうの良薬と称してアヘンを配る。無償で配っているのは、大勢の者をアヘン漬けにし、それから高値で売りさばこうという魂胆だろう。

天道は長崎からやってきた。とするとアヘンの出所は、長崎に来航する阿蘭陀《おらんだ》か清国の商人といったところか。

全身に血潮が熱く滾《たぎ》る。おかげで、寒さも感じない。

松子を戸袋の陰に待たせ、障子を蹴飛ばした。

「悪党！」

京四郎は怒声を放った。

朗々《ろうろう》とした声が響き渡り、広間中の視線が集まった。

「その薬を吸うんじゃない」

突然の乱入者に悲鳴をあげる者、怒鳴る者、おろおろする者、広間は騒然となった。天道が、脇に置いた錫杖を持って立ちあがる。

群がる男女を掻き分け、京四郎は天道の前に立った。

「とうとう馬脚《ばきゃく》を現したな」

京四郎は天道を睨《にら》みつけた。

「お黙りなされ！」

不似合いな野太い声を発すると、天道は錫杖を横に掃《はら》った。

すばやく京四郎が背後に飛びのくと、

「みなさん、この者は、わたくしたちを邪魔だてしておりますぞ！」

天道は錫杖を振りあげながら叫びたてた。その目は血走り、つりあがっている。

清流のように澄んだ瞳は、いまや邪悪な欲望に濁《にご》り、慈愛に溢れた笑顔はすっかり影をひそめていた。

いや、これが天道の本性なのであろう。

「おいおい、あんたら騙されるなよ。こいつはいんちきだぜ！」

京四郎は、天道の信者と化した男女に大音声で呼びかけた。

その間にも天道は錫杖を振るい、京四郎に迫ってくる。

村正を抜こうとしたが、群がる男女に両の腕をつかまれてしまった。下手に抜くと、怪我を負わしかねない。

「あなたが観念しなされ」

天道は不敵な笑い声を放った。

「ままよ。嘘で塗り固めた生きざまに、つける薬はないか……」

京四郎は突き放したような冷笑を浮かべた。

ときおり見せる、空虚《くうきょ》で乾いた笑いだ。

そのとき、
松子の声が響いた。

「火事よ！」

「逃げろ！」

意図を察した京四郎が、怒声を放つ。

「丸焼けになるわよ！」

あわただしく松子が飛びこんできて、男女を急《せ》きたてた。彼らは我先に外へと移動をはじめた。自由になった京四郎は周囲を見まわすが、天道の姿はない。

「ええい、あとまわしだ」

天道を捕まえるのは置き、京四郎と松子は広間をあとにした。

庭では、男女が夜空を見あげている。樫の木の根元には天道がたたずんでいて、満月に照らされた顔に不敵な笑みを浮かべていた。

「火事など起きておりませんよ。みなさん、あの者たちこそが嘘つきだとわかったでしょう」

勝ち誇ったように、天道は男女に声をかけた。

惑わされたかのように、信徒たちが京四郎と松子に迫る。目が虚《うつ》ろとなり、あたかも妖鬼の群れのごときだ。

「おい、火事だよ。見えねえかい、火柱《ひばしら》が」

京四郎は村正を抜いた。

月明かりに、京四郎の立ち姿が照らしだされる。

片身替わりの小袖を着流し、凜《りん》として立ち尽くす京四郎は、神々《こうごう》しいまでの輝きを放っていた。

男女は動きを止め、食い入るように見入った。

「お目にかけよう、秘剣雷落《ひけんいかずちお》とし」

静かに告げると、京四郎は妖刀村正を下段に構えた。

次いで、ゆっくりと切っ先を大上段に向かってすりあげてゆく。

月光が閉ざされ、暗闇が支配するなか、村正の刀身が妖艶な光を発し、やがて大上段で止まった。

妖光に、片身替わりの小袖が浮かぶ。

左は白地に牡丹が真っ赤な花を咲かせ、右半身は金糸で縫い取られた二羽の鶴が羽ばたく
すると、闇夜を切り裂くように稲妻《いなずま》が奔《はし》った。

庭の方々《ほうぼう》に、火柱が立ちのぼる。

火の粉が舞い、男女は阿鼻叫喚《あびきようかん》の悲鳴をあげ、散り散りになって逃げ去った。

ひとり残った天道の目には、炎は映っていない。

これは、京四郎だからこそ成せる、幻惑の剣なのだ。

それゆえ、蜘蛛《くも》の子を散らすようにいなくなった信者たちを、茫然と見送っていた。

次の瞬間、雷光と化した村正が、天道の首筋を打った。大刀が首筋に届く直前、峰が返されていた。

天道は膝からくずおれた。


その後、詮議《せんぎ》によって明かされたことによれば、天道はかつて長崎の丸山遊郭《まるやまゆうかく》の遊女であったらしい。そして身請けされた豪商から、西洋のさまざまな文物を教わった。

そうしたなか、火事で旦那が亡くなり、遺産の一部をもらって江戸にやってきた。アヘンが儲かると聞き、商館の阿蘭陀《おらんだ》人から買い取って、江戸で売りさばこうと企てたのだった。


夢殿屋の奥座敷で、京四郎と松子は、土鍋のおじやを食べていた。お佐代が届けてくれたのだった。

「猪之吉さん、目が覚めたそうですよ」

松子の言葉に、京四郎は皮肉そうに返す。

「覚めたというと、もとの呑兵衛に戻ったのかい」

「いえいえ、お酒は飲みますけど、ほどほどなんですって。仕事に差しつかえるような飲み方じゃないそうですよ」

「ほう、たいしたもんだな」

「幸せは取っておく、というのが、猪之吉さんの口癖《くちぐせ》になっているんですって。そのほうが楽しみができて、いいそうですよ」

松子は小鉢にお玉杓子《たまじゃくし》でおじやのお替わりをよそい、京四郎の前に置いた。

「なるほど。幸せは味わい尽くすんじゃなくって、残しておく……か」

感心なことだ、と京四郎はおじやに息を吹きかけ、ひと口食べた。あっさりとした醬油味で、刻んだ葱《ねぎ》が食欲を引きだしてくれる。

「お佐代は、よい女房になるな」

ひとことつぶやくと、京四郎は破顔した。

第二話　偽の最強浪人

一

弥生一日、桜満開となったが、あいにく空はどんよりと曇り、吹く風は冷たい。寒が戻ったかのような花冷えの昼、松子は夢殿屋で、ひとりの男とやりとりをしていた。

帳場机《ちょうばづくえ》の前にどっかとあぐらをかいた男が、

「姐《ねえ》さんよ。困ったネタなんだ」

と、語りかけた。

この男、「でか鼻の豆蔵」と通称される、岡《おか》っ引《ぴき》の豆蔵《まめぞう》である。

名前のとおり、豆を思わせる小太りの身体に丸顔、加えて二つ名の由来となった大きな鷲鼻《わしばな》が目立つ。岡っ引稼業、すなわち十手をちらつかせながら、これと目をつけた人物や事件を嗅ぎまわる。

もちろん、町奉行所の御用も担《にな》うが、醜聞めいたネタを集め、松子が営む読売屋に買ってもらうのを常としている。ネタの正確さもさることながら、野次馬受けするような風聞を提供してくれる、貴重なネタ元であった。

ただ、高く売りつけようと、駆け引きをするのが玉に瑕《きず》だ。今日も謝礼をつりあげようという魂胆だろうと、

「親分、困るネタは勘弁してくださいよ」

松子は突き放した。

「こりゃ、あっしの言い方が悪かった。困るっていうより、ちょいと毛色が違うネタなんだよ」

思わせぶりに、豆蔵は鷲鼻をひくひくとさせた。

「勿体《もったい》をつけないでくださいな。ネタの良し悪しで礼金を渡すんですからね」

再三にわたって松子は、この言葉を豆蔵に語っているのだが、豆蔵はあらためないどころか、いつでも勿体をつける。

「……親分、そんなに出し渋るってことは、辻斬りの一件じゃないの」

このひと月の間、下谷同朋町で辻斬りが三件起きている。いずれも夜鷹《よたか》が犠牲

になった。小路の突きあたりにある閻魔堂《えんまどう》で春をひさいでいる最中、無惨《むざん》にも白刃に襲われたのだ。下手人は捕まっていない。

被害者が身寄り頼りのない夜鷹とあって、町奉行所も本腰を入れて探索をしていない、という噂が流れている。いや、噂ではなく事実だろう。

松子は義侠心《ぎきょうしん》に駆られ、賞金を出して下手人探索のネタを募集している。

ただこうした場合、賞金欲しさにガセネタが持ちこまれる。その対策として、下手人捕縛の役に立った度合いで、賞金額を変えていた。しかも、賞金を出すのは下手人が捕まってからだと釘を刺している。

賞金目あてで十件以上のネタが持ちこまれたが、有力な手掛かりと思しきものはなさそうだ。とは言っても、松子は持ちこまれたネタは残らず、近所の自身番に届けていた。

豆蔵のことだ。さも有力なネタだと、売りこみにきたのではないか。

「親分、辻斬りのネタだったら、うちより御奉行所に報告したほうがいいんじゃないんですか。あ、そうか、御奉行所にも報せたうえで、うちに持ってきたんですね」

謝礼欲しさに、という言葉を、松子は内心で言い添えた。

ところが豆蔵は、辻斬りの一件じゃない、と否定してから、

「それにしても、京四郎さまも隅《すみ》に置けないね」

と、意味不明のことを言いだした。

今日は、いつにも増して勿体づけがくどい。

松子の気を引き、礼金を限界までつりあげようという魂胆なのだろう。

「ちょいと、いいかげんにしてよ。はっきり言ってくださいな。京四郎さまがどうしたっていうのですか」

松子は苛立ちを示した。

「ま、そうあわてなさんなって。京四郎さまなんだけどな、そりゃ、あのとおりの男前だし、高貴な品格をお持ちだ。あっしが女だったら、ひと目惚れだぜ」

豆蔵は肩をすくめた。

「それで……」

冷めた口調で、松子は話の続きをうながす。

「いえね、京四郎さまが罪作りなことをなさってな。首を括《くく》ろうかってまで悩んでいる娘がいるんだよ」

不穏なことを、豆蔵は言いだした。

「なんで」

さすがに聞き捨てにはできない。

「そら、京四郎さまにのぼせたはいいけど、いいように弄《もてあそ》ばれたんだよ。まったく、京四郎さまにも困ったもんだよ」

「そりゃ、京四郎さまはもてるだろうけどさ、娘を弄ぶなんてことはないわよ。そんな非道なお方じゃないわ。親分、ガセネタは持ちこまないでね」

「あっしだって、そう思っていたけどさ。人は見かけによらないって言うじゃないか。姐さんだって商売柄、そんな男や女はたくさん見ているだろう。誠実そうな男が極悪非道の盗人《ぬすっと》だとか、貞淑《ていしゅく》だと評判の女房が若い男とよろしくやっているとか……そんな話、読売に欠かせないネタじゃないか。おっと、釈迦《しゃか》に説法だったな」

豆蔵も、ここぞとばかりに言いたてる。

「京四郎さまにかぎって、そんなことはないわよ」

「そのかぎってっていうのが、いけねえんだよ」

もっともらしい顔で、豆蔵は否定した。

「あたしの目はたしかなのよ。親分とは違うわよ」

怒りの形相で松子が言いきると、豆蔵は腕をまくった。

「じゃあ、なにかい。あっしの目は節穴《ふしあな》だって言いたいのかい。これでも、十手《じって》持ちの端《はし》くれだ。いや、端くれどころか、腕っこきと評判だぜ」

「そうね、練達《れんたつ》の岡っ引よね。悪徳って文字が頭につくけど」

皮肉たっぷりに松子が返したところで、間がよいのか悪いのか、話題の当人、すなわち天下無敵の素浪人、徳田京四郎こと徳川京四郎が姿を見せた。

今日も背縫いを境に左右の身頃、袖の色や文様が異なる片身替わりの小袖を着流している。左半身が浅葱色地に真っ赤な牡丹、右半身は紅色地に桜吹雪が極彩色で描かれ、紫の帯を締めていた。

役者顔負けの華麗な装いは、とうてい浪人には見えない。

それまでの淀《よど》んだ空気が、一瞬にして晴れたようだ。

さすがにばつが悪いのか、豆蔵が横を向いた。

自分が話の俎上《そじょう》にのぼっていたことなど知るはずもなく、

「おお、悪徳岡っ引の豆公か。今日はどんなネタを売りこみにきたのだ」

と、陽気に声をかける。

「ええ、まあ……」

曖昧《あいまい》に豆蔵は返事をした。

松子は、責めるような目で語りかける。

「親分、京四郎さまに、なにか話があるんだろう」

京四郎は豆蔵に視線を向け、

「ほう、おれに何用だ。それとも、文句でもあるのか」

軽口を叩きながら問いかけた。

「いいえ、文句なんて……つくづく偉いお方だって、姐さんと褒めあげていたんですよ。ねえ」

しどろもどろになりながら、豆蔵は松子に同意を求めた。

「あれが褒め言葉かしらね」

松子はにんまりとした。

「豆公、おれの悪口を言っておったのか」

わざとらしく京四郎は目を凝《こ》らして見せる。

「違いますよ。男前だって……それも目の覚めるようなね」

「もうよい。正直に申せ」

ぴしゃりと京四郎に言われ、

「じゃあ言いますがね」

開き直ったように豆蔵は前置きをしてから、非難の口調で言いたてた。

「京四郎さま、あんまり娘を泣かせちゃいけませんよ」

「泣かせるだと……誰を」

首をひねる京四郎に、

「とぼけないでくださいよ。黒門町の炭問屋のお蝶《ちょう》ちゃんですよ。炭問屋の娘といい仲になって隅に置けませんなって……洒落《しゃれ》を言っている場合じゃない。お蝶ちゃんは京四郎さまに弄ばれて、思いあまって自害しようとしたんですから」

一気に豆蔵はまくしたてた。

「お蝶……」

それでも京四郎は、首を傾《かし》げるばかりだ。

「ですから、黒門町の炭問屋、豊年屋《ほうねんや》のひとり娘のお蝶ちゃんですって」

「知らんぞ」

京四郎はきっぱりと否定した。

「またまた、とぼけなすって」

顔をしかめ、豆蔵は返す。

「とぼけてなどおらぬ。まこと、お蝶などという娘は知らん」

なおも豆蔵が責めたてようとするのを、

「ちょいと親分。京四郎さまは知らないっておっしゃっているんだよ」

抗議をするように松子が間に入った。

「あっしだって、嘘を吐いているわけじゃないですぜ」

豆蔵もあとには引けないとばかりに、松子を睨《にら》む。

「じゃあ、お蝶さんという娘さんが、嘘を言っているんじゃないの」

「そんなことはないよ。真っ正直でうぶだって評判の娘なんだ。うぶだからこそ、男にぞっこんになると深みにはまってしまうのさ」

訳知り顔で豆蔵は反論した。

「だからってさ、京四郎さまは身に覚えがないっておっしゃっているじゃないの。お蝶さんは夢でも見たんじゃないの」

松子も引かない。

「そんなことはない。天下無敵の素浪人、徳田京四郎さまだって。お蝶ちゃんはな、姐さんの夢殿屋の錦絵でひと目惚れをして、その御当人といい仲になったんだからな。間違いないんだよ」

「すると、うちで売っている錦絵そっくりの京四郎さまってことね」

なんとも微妙な言いまわしを松子はした。

「そういうこったよ」

「じゃあ、京四郎さまとは違う人なんじゃないの」

松子の言葉に、

「そうだぞ」

京四郎も同意する。

「そんなことはないですよ。京四郎さまのように、儒者髷に結っていたそうですし、片身替わりの華麗な小袖をお召しになっていたってこってすからね」

という豆蔵の言葉を受け、

「京四郎さま、こりゃ、たちの悪い輩《やから》かもしれませんよ」

松子は京四郎に言った。

「おれに成りすましているということか」

京四郎は腕を組んだ。

「そうですよ」

「……あっそうか、ふてえ野郎だ。偽の京四郎さまってわけだな」

ここにきて、ようやく豆蔵も松子の考えがわかったようだ。

「よし、とっ捕まえて、とっちめてやるぜ」

気が逸《はや》ったのか、豆蔵は腰の十手を抜いた。

「そうよ、腕っこきの岡っ引の、腕の見せどころですよ」

松子が煽《あお》ると、

「京四郎さまを騙《かた》って娘をたぶらかすなんざ、男の風上《かざかみ》にも置けないぜ」

さきほどとは一転して、豆蔵はいかにも京四郎の味方だとばかりに怒ってみせた。

二

「天下無敵の素浪人、徳田京四郎であるぞ」

と、男は名乗った。

部屋の中で、姿見《すがたみ》を見ている。

儒者髷、片身替わりの小袖、とたしかに京四郎に似させている。

「いよ、徳田京四郎さま！」

そばの男が、役者に声をかけるように語りかけた。

ここは、御徒町にある御家人、須藤一郎太《すどういちろうた》の屋敷。声をかけているのは、やくざ者の亀吉《かめきち》である。

「こうしてみると、わしも様《さま》になっておるな」

鏡に映《うつ》った自分を見ながら、須藤は自画自賛《じがじさん》した。

「徳田京四郎さまよりも、よほど本人らしいですぜ」

調子のいい賛辞を亀吉は送った。

亀吉は五尺そこそこの小柄な身体ながら、右頬《みぎほお》に走る縦長の傷が、いかにもやくざ者の凄《すご》みを伝えている。とはいっても「どじ亀」という渾名《あだな》が物語るように、属していた一家でしくじりを重ねて破門されていた。

須藤と亀吉が出会ったのは、半年ばかり前、両国東小路にある賭場だった。

その賭場は、亀吉が破門された一家が開帳していた。

あくまで客のつもりで出入りしたのだが、破門された者が一家の賭場で遊ぶことなど許されるはずもなく、またたく間につまみだされた。

そしてやくざ者五人がかりで制裁されそうになったところを、須藤に助けられたのだった。須藤は五人を、あっという間に峰討ちに仕留めた。

助けてくれた恩と、あざやかな須藤の剣の腕に、亀吉はたちまち惚れこんで、子分にしてくださいと願い出た。

御家人とはいえ、武士の端くれ。やくざ者ではないから親分、子分の関係は受け入れられない、と須藤は断った。すると亀吉は、従者でもなんでもいいと強く願って、下働きをするようになった。

賭場に出入りするくらいだから、須藤の暮らしぶりはいたってだらしなく、妻は息子を連れて実家に戻ってしまっていた。給金の支払いも滞《とどこお》っているとあって奉公人も居つかず、不自由な生活だったため、亀吉の頼みはありがたかった。

しかも、給金は不要とあっては断る理由はない。亀吉は須藤屋敷の物置で寝泊まりをし、須藤の身のまわりの世話をするようになった。

近頃では下働きばかりか、儲け話を提案するようにもなっている。

偽の徳田京四郎を演ずるというのも、亀吉の考えであった。

須藤は乗り気ではなかったが、試しに娘を誘惑してみたところ、意外にもうまく事が運び、炭問屋の娘のお蝶は、偽の京四郎こと須藤に夢中になった。須藤はお蝶に金二十両を貢《みつ》がせたところで、あっさり振った。

須藤がお蝶に狙《ねら》いをつけたのは、亀吉の働きだった。

亀吉は夢殿屋で、お蝶が京四郎を描いた草双紙や錦絵をたくさん買っていたのを目撃した。錦絵に描かれた京四郎を見る顔つきは、まさに恋する乙女であった。

亀吉はお蝶をつけて、素性を確認した。

どじ亀と蔑《さげす》まれる一方で、亀吉は女をたぶらかす腕は長《た》けていた。金は持っているものの、どこか不満を抱く女を見定め、心の隙間に入りこんで小金をせしめてきたのだ。一家を破門されたのも、兄貴分の女に手を出したからだった。

金蔓《かねづる》となりそうな女を選《よ》る亀吉の嗅覚のおかげで、須藤はまんまと二十両をせしめた。分け前をやろうとすると、亀吉は遠慮がちに二両だけを受け取った。

お蝶の一件で味をしめ、須藤は次の獲物を亀吉に探させている。

御徒士組に属する御家人たちは、朝顔《あさがお》の栽培を内職としている。庭で朝顔を育て、朝顔売りに買い取ってもらうのだ。夏になると、朝顔の鉢植えは長屋住まいの町人たちに飛ぶように売れる。庭がなくても、縁側で気軽に観賞できるからだ。

だが生来《せいらい》の怠け気質の須藤は、朝顔の栽培などやる気がしない。当然、内職の稼ぎがない須藤の暮らしは苦しい。それが、京四郎に成りすますことで金を稼げるとわかり、毎日に張りができた。

「しかしな、この小袖、いかにも安っぽいぞ」

須藤は着物の両袖を手で引っ張った。

京四郎の小袖が絹地に金箔《きんぱく》や金糸《きんし》、極彩色に染めてある絢爛豪華《けんらんごうか》であるのに対し、須藤のそれは木綿地に絵具で描いてあるだけだ。

お蝶と逢瀬を重ねていたのは、出会い茶屋で夕暮れ以降だった。行灯《あんどん》の淡《あわ》い灯りに照らされた座敷だったため、こんな安っぽい着物でも誤魔化《ごまか》せたのだ。

「人は着る物じゃありませんぜ。傍目《はため》から高貴だと思われれば、形まで神々しく見えるもんですよ」

自信を持ってください、と亀吉は励ました。

「そうか……しかし、わしは高貴ではないぞ。七十俵五人扶持の、しがない御家人だ」

須藤は苦笑した。

「ですがね、須藤の旦那は様子がよろしいですからね、高貴なお方に見えますって。役者の家に生まれていなすったら、仮名手本忠臣蔵の塩谷判官《えんやはんがん》を演じてさぞや娘の涙を誘っていたでしょうよ」

調子のいいことを亀吉は言いたてた。

「さて、どうするか」

須藤は財布の中をのぞいた。小判と一分金がびっしりと詰まっていて、見ているだけで嬉しくなる。それでも、欲にはかぎりがない。

心中を察したように、亀吉が話しはじめた。

「次の稼ぎ場所ですけどね」

「また娘を騙《だま》すのか。どうも気が乗らんぞ。なんでも、お蝶はふさぎこんで自害まではかったというではないか。さすがに、わしも夢見が悪いぞ」

須藤は苦い顔をした。

加えて、もっと荒稼ぎがしたい、という下心もある。

「実際に死んじまったわけじゃないんですからね」

気になさらないで、というように、亀吉は右手をひらひらと振った。

「だが、うら若き娘を、自害を考えるまでに追いこんでしまったんだぞ」

須藤の逡巡《しゅんじゅん》にも、亀吉はいっこうに動じない。

「だいたいですよ、年頃の娘っていうのはおおげさなんです。死ぬ死ぬって言って騒いでいるうちは、死ぬなんてことはないんですよ。自害といっても、どこまで本気だったのか怪《あや》しいもんです。なに、ひと月も過ぎれば、ほかに好いた男が現れますって」

女心に関しては任せてくださいとばかりに、亀吉は言いたてた。

「そんなもんかな」

半信半疑ながらも、須藤は受け入れた。なにしろ、町娘と深い仲になったことなど、これまでなかったのだ。

「女心と秋の空ですからね。移ろいやすいんでさあ。それより、今度はもっとがばっと儲けましょう」

気持ちを切り替えましょう、と亀吉は言い添えた。

「よし、どんなことをするんだ」

「賭場から、あがりを奪い取ってやりましょう」

事もなげに亀吉は言った。

「賭場から……」

須藤は口を半開きにした。

「そうですよ」

自信ありげな亀吉に、さすがの須藤も顔をしかめる。

「おい、そんな簡単にいくはずがないだろう」

「なにも、でかい賭場を狙わなくたっていいんです。あっしが出入りしている、ちんけな賭場ならかっさらえますよ」

いかにも算段《さんだん》があるように、亀吉は言い募った。

「……どこだ」

「萬年寺《まんねんじ》ですよ」

「とんだ貧乏寺じゃないか。どうせ、開帳されている賭場もちんけだろう。いくらにもなるまい」

途端に、須藤はやる気が失せた。

「ですがね、一日のあがりは、五十両はありますぜ。賭場を開帳している萬年一家の連中は、せいぜい五人。徳田京四郎さまが刀を振りかざしてやるだけで、びびっちまうこと間違いなしです」

確信に満ちた顔つきで、亀吉は断言した。

須藤の推測どおり、萬年一家の賭場は小規模であった。客筋も、亀吉のような三下《さんした》のやくざ者、そこそこの商家の手代《てだい》、行商人、大工といった連中だ。それでも小金で気楽に遊べるとあって、それなりに繁盛している。

「脅すだけでいいのか」

須藤は首をひねった。

「そういうもんですよ。どうせ、あいつら粋《いき》がっているだけで、いざとなったらまるでだらしがないんですからね」

自分を棚《たな》にあげて亀吉が断言すると、妙に須藤も納得してしまう。

「五十両が手に入れれば、とりあえずは御の字じゃござんせんか」

「ああ、十分だ」

「なら、さっそく今夜あたり……」

うなずいた須藤に、亀吉が進言する。

「おっと、竹光《たけみつ》じゃいけませんぜ」

「だが、実際に斬りはしないのだろう」

「でも、一応は抜いてみせないと、信憑性がありませんや」

亀吉の言うのはもっともだ。納得した須藤は、刀を研いでおく、と言った。

三

夕刻、須藤は亀吉とともに出かけようとした。

すると、木戸門に侍が立っている。

徒士組に属する御家人の美《み》川《かわ》権十郎《ごんじゅうろう》である。美川は朝顔栽培に熱心で、須藤にも栽培を強く勧めてくる。自分が手ほどきをするから、と親切心で言ってくるのだが、須藤にとってはありがた迷惑であった。

須藤は避けようとしたが、

「須藤殿、ちと話が」

と、美川は声をかけてきた。どうせ、朝顔栽培の勧めに決まっている。

「すまぬが用がありましてな、またの機会に」

断ると、須藤は亀吉をうながして、そそくさと屋敷を出た。

「そのなり……いかがされた。素人芝居にでも出られるのですか」

背後からの美川の問いかけに、

「そんなところです」

振り向きもせず須藤は答えて、先を急いだ。

寛永寺の裏手は人通りが少なく、そこに萬年寺はひっそりと建っていた。

夕闇迫る境内《けいだい》は雑草が目立ち、本堂の屋根瓦や濡《ぬ》れ縁《えん》の羽目板《はめいた》がところどころはがれ落ちている。隅には桜が植えられ優美な花を咲かせているが、掃《は》き溜《だ》めに鶴《つる》といったありさまだ。もちろん、花見客や参詣客など皆無に近いだろう。

肌寒い風が木々を揺らし、須藤にまとわりつく。

庫裏《くり》は板葺《いたぶ》き屋根のみすぼらしい建物で、玄関の前には男が立っていた。萬年一家の下っ端であろう。

貧乏寺が開帳する賭場とはいえ、一見《いちげん》の客がおいそれと出入りできるものではないが、客は萬年一家の者には顔馴染みばかりだろう。

「旦那、すんませんが、庫裏の裏口でしばらく待っていてくだせえ」

亀吉は須藤に頼んでから、庫裏の玄関に向かった。

「おう、遊ばせてもらうぜ」

下っ端に声をかけ、一朱金を握《にぎ》らせてから、

「客の入りはどうだい」

気さくな調子で問いかけた。

「いつものみなさんが十人ばかりですね」

下っ端は一朱金をもらって、舌が滑《なめ》らかだ。

「親分はいなさるか」

「いらっしゃいますよ。萬年一家総出でさあ」

にこやかに下っ端は答えた。

総出と言っても、親分とこの下っ端を合わせて六人である。親分の五郎蔵《ごろぞう》がいるということは、すっからかんになった客に、賭け金を貸すつもりのようだ。

頭に血がのぼった客は、分不相応な金を借りる。貸金業を営んでいる五郎蔵にとって賭場の客は、はっきり言えば鴨《かも》である。

須藤に五十両は稼げると言ったが、正直自信はなかった。貧乏賭場のあがりだけでは、せいぜい三十両だろう。五郎蔵が貸金を用意しているのであれば、まず間違いなく五十両は奪える。

高ぶる気持ちをおさえ、亀吉は玄関を入った。すぐ脇の部屋が、帳場になっている。亀吉は一両を駒札《こまふだ》に換えた。

「亀、今日も負けにきたかい。儲けさせてくれてありがとうな」

五郎蔵にからかわれながら、亀吉は賭場に入っていく。盆茣蓙《ぼんござ》のまわりに座す客は、下っ端が言ったように見知った顔ばかりだ。商家の手代、行商人、大工、やくざ者に加えて坊主も混じっている。

もっとも坊主といっても、頭を丸め、くたびれた墨染《すみぞめ》の衣を身に着けた願人坊《がんにんぼう》主である。願人坊主は特定の寺院に属さず、市中を托鉢《たくはつ》して歩く。要するに、坊主の格好をした体《てい》のいい物乞《ものご》いであった。

亀吉はちびちびと少額を張って、時が過ぎるのを待った。

四半時ほどして、

「ちょいと厠《かわや》だ」

と、席を外した。


裏手に出ると、亀吉は裏口の心張り棒を外し、こんこんと叩いた。すぐに戸が開いて、須藤が入ってきた。

「旦那、頼みますぜ」

亀吉は声をかけた。

「任せておけ」

須藤はうなずく。

「上品にお願いしますよ。伝法《でんぽう》な言葉遣いはいけませんぜ」

「わかっておる」

乙《おつ》に澄まして答えてから、須藤はおもむろに賭場に向かった。それを追い越して、亀吉は賭場に駆けこみ、

「大変だ！　天下無敵の素浪人、徳田京四郎さまが、賭場成敗にやってこられたぜ！」

大声を発した。

萬年一家と客が浮足だったところで、須藤が駆けこんできた。

「悪党ども、賭場の開帳は御法度《ごはっと》であるぞ」

一同を睨みつつ、威風堂々《いふうどうどう》とした声音を発し、須藤は大刀を抜いた。すると、自分でも思っていなかったのだが、これまでに味わったことのない高揚感に包まれた。

みな、恐れながら須藤の様子を見ている。

「て、天下無敵の素浪人、徳田京四郎さまだ！　徳田さま、どうかご勘弁ください」

亀吉がおおげさに叫びたて土下座をすると、客たちも両手をつく。五郎蔵以下、萬年一家の連中は、突如現れた異形《いぎょう》の武士に困惑し、唖然《あぜん》としていた。

須藤は大刀を二度、三度と振りまわして虚空《こくう》を切り裂き、あざやかに納刀して見せた。

萬年一家のひとりが、

「お許しくだせえ」

と、声を震わせる。

「賭場の金は御法度につき、没収し、然るべき役所に届ける。そこな男……」

須藤が亀吉に声をかけた。

「お、おいらですか」

自分の顔を指差した亀吉に、須藤は命じた。

「おまえ、金を集めろ」

「承知しました」

恭《うやうや》しく亀吉は応じ、萬年一家から風呂敷を借りると、帳場にある銭金を入れていった。

笑いを嚙み殺しながら、須藤は悠然《ゆうぜん》と立っていた。

四

萬年寺を出ると、夜の帳《とばり》がおりていた。

あいにくと月は隠れているが、企《たく》みの成功を祝うかのような星空だ。

「うまくいきましたね」

しめしめと、亀吉は揉《も》み手をした。

「いずれ、偽者だとばれるぞ」

須藤は危惧《きぐ》の念を示したものの、頬は喜びでゆるんでいる。

「ばれたってかまいませんよ。萬年一家だって、賭場のあがりを奪われましたって奉行所に訴えるわけにはいきませんからね」

「それはそうだが、あいつら、わしの命を奪いにくるぞ。今日は、不意打ちのうえにあいつらが丸腰だったからよかったが、刃物を持って、しかも闇討ちも辞さぬだろう。きっと、わしの隙《すき》を狙ってくる」

一転して、須藤は心配を深めた。

「大丈夫ですって」

こうなると、亀吉の自信に満ちた態度に、かえって腹が立ってくる。

「どうしてそんなことが言える。無責任な男め。狙われるのはわしだぞ」

「なら言いますがね、普段の旦那はみすぼらしい御家人さんですぜ。須藤一郎太と、貴公子然とした徳田京四郎を結びつける者なんていませんよ。旦那が徳田京四郎に扮《ふん》していたなんて、お釈迦さまだって気づきっこありませんや」

亀吉に説明され、

「喜んでいいのか怒るべきかわからんな」

須藤は苦笑した。

「ですから、大丈夫ですよ。あと何軒か、賭場のあがりを奪ってやりましょう。どうせ、博打の金ですよ。奪ったところで罰なんか当たりませんや」

「……それもそうか」

「よし、ならあっしは、徳田京四郎さまについて、もっと調べてきますよ」

亀吉は楽しそうに話を締めくくった。


明くる二日、夢殿屋にやってきた亀吉は店内を見まわし、京四郎に関する草双紙や錦絵を物色した。須藤が徳田京四郎を演ずるうえで参考になるものを、手当たり次第に買うためだ。

すると、ある読売の記事が目に入った。

思わず、草双紙を落としそうになってしまった。読売には、「偽の徳田京四郎にご用心」とある。

なんだ、馬鹿に早いじゃないか……。

京四郎の偽者が話題になるのは、もう少し日が経ってからだと、高をくくっていた。不自然にならぬよう、適当な読売や草双紙、錦絵とともに買い求め、懐《ふところ》に入れた。やけに懐《ふく》が膨らんでしまう。

夢殿屋を出ようとしたところで、

「どじ亀じゃねえか」

と、亀吉は背中を叩かれた。

どきっとして振り向くと、鷲鼻の豆蔵が立っている。

「こりゃ、親分」

亀吉はぺこりと頭をさげた。

「達者そうだな」

「ええ、おかげさんで」

「おめえ、一家を破門されたのに、景気いいみたいだな」

豆蔵は亀吉をねめつけてきた。

「そんなことござんせんよ」

へへへへ、と亀吉は媚《こ》びるような笑みを浮かべた。右頬に走る傷が目立ち、小者ながら亀吉がやくざ者であると示していた。

「懐がぱんぱんに膨らんでいるじゃねえか」

腰の十手《じって》を抜き、豆蔵は亀吉の懐を突いた。

「銭金じゃないんで」

言いわけするように、亀吉は返す。

「じゃ、なんだ」

不意に豆蔵が亀吉の懐を広げると、紙の束《たば》がこぼれ落ちた。

「おっと、すまねえな」

道端に散乱した草双紙や錦絵、読売を、豆蔵は拾おうとした。

「親分、いいですよ。あっしがやりますんで」

あわてて亀吉が拾う。

「なんだ、おめえ、徳田京四郎さまが好きなのか」

豆蔵が問いかけると、亀吉は愛想笑いをいっそう深めた。

「ええ、まあ。評判のお方ですんでね。知らないでは世間に乗り遅れてしまいますんでね、へへへ」

「なんだ、おめえ、馬鹿に気取ってやがるな」

そこで豆蔵が、鋭い目を向けてきた。

「なに、口説こうと思う女がいるんですよ。でね、京四郎さまは女にもてるでしょう。あっしもあやかろうと思いましてね」

咄嗟《とっさ》の亀吉の弁明に、

「そういやあ、おまえ、その面《つら》で女をたらしこむのに長《た》けていたものな。まあせいぜい、勉強するんだな」

豆蔵は笑った。


去っていく亀吉の背中を見送りながら、豆蔵は不審なものを感じていた。

あの野郎、京四郎さまにこだわってやがる。

亀吉は、冴えないやくざ者であった。賭場の手入れをしたときに逃げ遅れた、いかにもどじな野郎だった。

五十叩きをされて解き放たれたのだが、その亀吉が、草双紙や錦絵をまとめ買いしている。小遣いに不自由していないのだろう。

じつのところ豆蔵は、亀吉が買い物をしていたときから観察していたのだが、そのとき出した財布は螺鈿細工《らでんざいく》。着物も小ざっぱりとしていた。月代《さかやき》や無精髭《ぶしょうひげ》が伸び、薄汚れた身形《みなり》をしていたあのころの亀吉とは、まるで別人である。

一家を破門されたやくざ者にしては、暮らしにゆとりがありそうだ。臭うな。

豆蔵は鷲鼻をひくひくとさせ、亀吉の尾行をはじめた。

亀吉が向かったのは、御徒町の屋敷街であった。このあたりは、徒士組の御家人が組屋敷を形成している。

そのなかの一軒に、亀吉は入っていった。

亀吉と御家人のつながりなど、見当がつかない。

豆蔵は黒板塀の節穴から、中をのぞいた。

母屋《おもや》の縁側で亀吉は、この屋敷の主《あるじ》と思《おぼ》しき侍に錦絵を見せ、草双紙を渡している。

主は歳のころ三十前後、紺地無紋の木綿《もめん》の小袖を着流しているが、面差しは鼻筋が通ったなかなかの男前である。加えて、髪を儒者髷に結っていた。

あの侍の頼みで、京四郎に関する草双紙や錦絵、それに読売を買ったのかもしれない。

こりゃ、ひょっとして……。

あの御家人が、京四郎に成りすましたのではないか。

いや、それは早計というものだ。

儒者髷を結った男前の侍というだけで、京四郎の偽者とは決められない。

だいいち、浪人とは思えぬ華麗な装束を身にまとった京四郎と、よれた木綿の小袖を身に着けた御家人では、月とすっぽんであろう。

ただ、探ってみる価値はありそうだ。

行商人と御家人が通りかかり、豆蔵はあわてて板塀から離れる。

ところが御家人は、豆蔵の前に立ち止まって去ろうとしない。さては怪しまれたか、と危惧し、

「お侍、ちょっと教えてくださいませんかね。この御屋敷の主人は、いったいどなたさまでしょう」

と、のぞきを正当化しようと、開き直って問いかけた。

侍は戸惑いながらも、

「徒士組の須藤一郎太殿じゃが……」

と、警戒をしつつ、豆蔵の素性を探るような目をした。

「へ～え、そうなんですかい。お内儀《ないぎ》さまやお身内の方は、いらっしゃるんです

かね」

問いを重ねると、侍はますます警戒を強め、口をへの字にして閉ざした。

かまわず豆蔵は、

「いや、なんですよ。その……御徒町の御家人さま方は、朝顔の栽培を盛んになさりますよね」

「いかにも」

短く返したものの、侍は豆蔵の意図を推し量っているようだ。

悪戯《いたずら》に不審感を募らさせるよりも、素性を打ち明けたうえで、須藤について確かめたほうがよいかもしれない。

豆蔵は羽織の端をめくりあげ、十手を示した。岡っ引であると明かしてから名乗り、

「朝顔売りに頼まれたんですよ。御徒町の組屋敷で、買い取りの余地がある御家人さまを見極めてくれないかって。これでも、十手御用を務めているんで、人を見る目はあるって思われているんです。そんでもって、頼まれたって寸法で」

口から出任せを並べたてた。

幸いにも、侍は表情をゆるめてくれた。

「そうか、それならば、多少の助言はできるであろう。わしは、徒士組の美川権十郎と申す」

しばし、美川は朝顔の栽培について蘊蓄《うんちく》を語った。朝顔に関心がない豆蔵には退屈このうえなかったが、美川の機嫌を損じてはならじと辛抱して耳を傾け、ときおり、「なるほど」や「こりゃ驚きました」などと合いの手を入れた。

美川の話が途切れたのを見逃さず、

「それで……須藤さまの御屋敷なんですがね。どちらかの朝顔売りが出入りなさっているんですか。いえね、のぞき見たところ、こう言っちゃあ無礼ですが、お庭の手入れを怠《おこた》っておられるようで。朝顔の栽培をなさっているのかなって、疑わしくなりまして。それなら、出入りの朝顔売りはいないだろうから、朝顔の栽培を勧めたらいいんじゃないか……あっしに頼んできた朝顔売りの出入りが叶うんじゃないかって、そう見込んだんですがね」

話の腰を折らせないよう、ひと息にまくしたてる。

途端に美川は、

「やめておけ。須藤殿は朝顔の栽培などやらぬ。わしは再三再四、勧めた。手ほどきまでしようと思った。しかし、聞く耳を持たぬ。徒士組の朋輩《ほうばい》を悪く言うのは気が引けるが、須藤殿は朝顔の件にかぎらず、暮らしぶりもだらしがない」

と、不愉快そうに小さく息を吐いた。

「なるほど、お屋敷のありさまを見れば。美川さまのおっしゃること、よくわかりますよ」

不満を吐きだして幾分か気をよくしたのか、美川は饒舌《じょうぜつ》に続けた。

「須藤ときたら、だらしないどころか、じつに無礼な男だ。聞いて驚くな」

勿体をつけるように、美川は言葉を止める。

「なんです……」

いかにも興味を引かれたように、豆蔵は両目を大きく見開いた。

美川は大きくうなずき、

「なんと、黒綸子《くろりんず》の羽織を質に入れてしまったのだ」

と、言った。

「へ～え、将軍さまから下賜《かし》された黒綸子の羽織をですかい……で、どうなったんです」

さすがに豆蔵は驚いた。

「むろん、隠しおおせるものではない。発覚してな、組頭《くみがしら》さまから厳しく叱責された。須藤殿は、お内儀の実家から金を借りて質屋から羽織を受けだした。ところが、実家の親御殿はこれに呆《あき》れ果ててしまってな。お内儀に実家に戻るよう伝えた。お内儀はお子を連れて、出ていったという次第じゃ」

御徒士組の御家人には、将軍と同じ黒綸子の羽織が下賜される。将軍が外出の際には、黒綸子の羽織を身に着けて警固にあたり、将軍の身代りになるためである。

そんな大事な羽織を、須藤は質入れしてしまったのだ。まったく、だらしないというか無責任というか……幕臣の風上にも置けない男と言えよう。

「こりゃ、とんだ御家人さまだ。須藤さまはあてにできないってことですね」

もっともらしい豆蔵の感想に、美川も満足したようだ。

「ついでに、もうひとつ教えてください。以前、あっしがお縄にしたやくざ者が御屋敷にいるようなんですが、いったい須藤さまと、どんなつながりがあるんですかね」

豆蔵の問いかけに、美川の目が尖《とが》った。

「須藤殿をたぶらかして、よからぬことをやっておる」

「どんなことですか」

「具体的にはわからんが……須藤殿を、役者のような格好にさせておった」

「役者のような格好っておっしゃいますと」

「うまくは申せぬが……徒士組の御家人には見えぬ派手《はで》な小袖を、須藤殿に着せておる」

美川は自分の小袖を指し、

「右半分と左半分の紋様が違う……まるで、役者の衣装のようじゃな」

「そりゃ、徳田京四郎さまだ！」

思わず、豆蔵は大きな声をあげてしまった。

怪訝《けげん》な顔となった美川であったが、やがてなにかを思いだしたようだ。

「徳田京四郎……聞いたことがあるな……ああ、評判の浪人か。読売で読んだことがある……あ、いや、読売のごとき下世話《げせわ》なものを買ったわけではないぞ。たまたま拾ったのだがな」

変な言いわけをしながら、美川はつぶやいた。

間違いない。京四郎を騙る者は、須藤一郎太だ。そして、それを手助けするのは亀吉というわけだ。

美川は京四郎のことは知っていても、偽者騒動のことは知らないようだ。

それゆえだろう。

「ひょっとして賭場でも開くつもりかな」

と、須藤と亀吉の魂胆を推測したが、

「いやいや、御徒士組の御屋敷じゃ、賭場は開帳できぬ。開帳したらすぐにばれるからな。そうなったら、黒綸子の羽織の一件もあるゆえ、叱責くらいでは済まされぬだろう。よくてお役御免、悪くすれば切腹じゃ」

美川は腹を切る真似をして肩をすくめた。

「いや、よくわかりました。ご親切にありがとうございます」

豆蔵は財布から一朱金を取りだし、紙に包んでそっと差しだした。

「礼など不要……」

と、美川はいったん断ったものの、豆蔵が「お納めを」と繰り返すと、相手の顔を立てるかのように、

「そこまで申すなら」

と、袖を向けた。豆蔵はその中に、紙包みを入れる。

そのまま立ち去ろうとした美川だったが、ふと豆蔵に向き直り、

「そなた、十手御用を担《にな》っておるゆえ聞くが、このひと月で立て続けに辻斬りが

起きておろう」

「ああ、夜鷹が三人斬られましたね。気の毒なこってすよ」

それがどうしましたか、という目を、豆蔵は美川に返した。

「下手人は捕まったのか」

「いえ、まだですがね」

「ちゃんと探索しておるのか。斬られたのが夜鷹ゆえ、町方は気を入れて下手人召し捕りに動かぬのではないのか」

美川は言葉を荒らげた。

答えづらいが、南北町奉行所とも探索に本腰を入れていないのは事実だった。豆蔵自身、夜鷹殺しの下手人を探したところで銭金にならないため、自慢のでか鼻を利かせていない。

「すんません」

一介《いっかい》の岡っ引に過ぎない自分が、町奉行所を代表して叱責を受けることも謝罪することもないのだが、美川の怒りをやわらげようと頭をさげた。

美川という男は、正義心が強いようだ。そんな美川だからこそ、須藤のだらしない暮らしぶりが許せないのかもしれない。

「いや、そなたにあたって悪かった。ともかく、夜鷹殺しの探索も力を入れてくれ」

そう言い置いて足早に立ち去る美川を見送ると、豆蔵はふたたび、板塀の節穴から中をのぞいた。

五

「こんなに買いこんできたのか」

呆れたように須藤は言った。

「徳田京四郎さまについて、しっかり勉強なさってくださいよ」

亀吉の言葉に辟易《へきえき》しながら、須藤は草双紙や錦絵を眺《なが》めたあと、読売を手に取った。途端《とたん》に顔色を変えて、

「おい、この記事……もう、お蝶のことが取りあげられているじゃないか」

責めるような口調で、須藤は言いたてた。

「まあ、大丈夫ですよ」

なんでもないように亀吉は返したが、

「大丈夫なもんか。偽者にご用心、と書いてあるんだぞ。今後、わしが徳田京四郎を名乗ったら、相手は本物かどうか身構えるに決まっているじゃないか」

須藤の剣幕《けんまく》に、亀吉は肩をすくめた。

「そんなに心配なら、一発大きめの仕事をして、ほとぼりを冷ましますか」

「というと」

怒りを鎮《しず》め、須藤は興味を示した。

「一日のあがりが百両の賭場ですよ」

「う〜ん、すると賭場を仕切っている博徒も、十人はいるんじゃないか」

「十人だってかまやしないじゃないですか」

「気楽に言ってくれるな。十人を相手にするのはわしなんだぞ」

「旦那は、剣の腕はたいしたもんじゃありませんか。徳田京四郎を騙《かた》らなくたって、やくざ者の十人や二十人、叩き斬れますよ」

どこまでもお気楽な亀吉に、須藤は首を左右に振った。

「刃物を持った無鉄砲《むてっぽう》な奴らに囲まれてみろ、道場の剣とは違うのだぞ。わしとて、背中に目があるわけじゃないからな」

「じゃあ、なにか工夫を凝らしますよ」

またしても事もなげに、亀吉は言った。

「知恵を絞《しぼ》れ」

「あっしに任せてください」

「おまえの小狡《こずる》さが役立つときかもな」

ようやく楽観的になってきたのか、須藤はやる気を見せた。


そんな須藤と亀吉の様子をのぞき見ていた豆蔵は、しきりと首をひねっていた。声が聞こえないのがもどかしい。話の内容はわからぬが、どうせよからぬことを企んでいるのだろう。ふたりの小悪党ぶりには、なんだか親しみすら覚える。

とにかく、須藤たちの動きに気をつけようと、豆蔵はそっとその場を離れた。

その足で、上野池之端の夢殿屋に向かっていると、

「でか鼻の親分」

と、呼び止められた。

「おお、おめえ、萬年の五郎蔵じゃないか。相変わらず、萬年寺でせこい開帳しているのか。ま、それが稼業なんだからしょうがないか。でも、やりすぎるなよ……おっと、おめえんとこのしけた賭場じゃゃ、お上《かみ》の手入れもないがな」

小馬鹿にしたように、豆蔵は鷲鼻を指でこすった。

実際、萬年寺の賭場はしょぼすぎて、寺社奉行も町奉行も摘発に踏みきらない。わざわざ捕方を編成するような価値もないのである。

「ご挨拶ですね。ま、ですけど、本当のこってすから偉そうには言えませんがね。それより聞いてくださいよ」

五郎蔵のあらたまった様子に、

「聞こうじゃないか」

豆蔵は話の続きをうながした。

「昨日の晩ですがね、小金稼ぎにやってくるケチな客相手に、賭場を開帳していたんですよ。ところがですよ、摘発されてしまったんです」

「萬年一家の賭場が手入れされたなんて、聞いてねえぜ。上野界隈の賭場の手入れをする場合は、かならずおいらにも声がかかるんだがな」

首をひねった豆蔵に、五郎蔵が幾分、声を低めて言った。

「それが、町奉行所じゃなくって、ほら、評判の浪人さんですよ」

「天下無敵の素浪人、徳田京四郎さまかい」

途端に、豆蔵の胸はざわめいた。脳裏《のうり》に、須藤一郎太の顔が浮かぶ。

「そうなんですよ。徳田京四郎さまが突然現れましてね、まいりましたよ。賭場のあがりを没収し、奉行所に届けると言って、持っていってしまったんです。客の持ち金、賭場にあった金……五十両くらいですがね、ありそっくり取られちまいました。まったく、ひどいもんですよ」

五郎蔵は顔をしかめて、しきりと嘆《なげ》いた。

「そりゃ……」

本当か、という月並みな問いかけはやめた。まかり間違っても、京四郎がちんけな賭場潰しなぞするはずもない。ましてや、金を奪うなど考えられぬ。

偽者の徳田京四郎、すなわち須藤一郎太の仕業に違いない。

よし、まずは裏付けを得よう、と豆蔵の岡っ引魂が疼《うず》いた。

「徳田京四郎さまだって、どうしてわかったんだ」

豆蔵が確かめると、五郎蔵はすぐに答える。

「そりゃ、ご自分で名乗ったし、錦絵に描かれているような、派手な身形でしたからね。それに剣を抜いたときは、威厳《いげん》みたいなものが感じられましたぜ」

「五郎蔵、おめえは博徒っていうより金貸しだ。徳田京四郎って名前を聞いただけでびびったんだろう。抜き身をかざされて腰を抜かしたんじゃないのか」

わざとくさすと、

「面目《めんぼく》ねえこってすが、なにしろ急なこってしたからね、意表を突かれてびっくりしたんですよ。ほんと、びっくりしたな」

言葉どおり、五郎蔵は両眼を見開いて驚きの顔つきをした。

「幽霊でもあるまいに、いきなり賭場に現れるもんか。おめえら、博打に気を取られていて、徳田京四郎さまが入ってくるのに気づかなかったんだろう」

豆蔵は責め口調で問いかける。

「そりゃ、賭場に注意を向けていましたがね、用心もしていたんですよ。親分は笑ったが、うちだって捕方に踏みこまれないって保証はありませんからね。玄関には若い者を立たせていますし、裏口には心張り棒を掛けて、おいそれと入ってこられなくしていたんです」

「心張り棒を掛けていたって、壊されりゃ入られるさ。おめえんとこの貧乏賭場は、どうせ安普請だろう。壊すのはわけねえんじゃないか」

「貧乏寺の庫裏ですから、もちろん安普請ですよ。でもね、いくらなんだって、心張り棒を掛けた戸が壊されたら気づきますぜ。それに、そもそも裏口は壊されていませんでしたよ」

「じゃあ、どうして京四郎さまが賭場に入ってこられたんだよ」

「それがわからないんですよ。だから、よけいに驚いたってわけでしてね」

五郎蔵は首を傾げた。

「待てよ……」

腕を組んだ豆蔵は、推量しつつ問いかける。

「萬年一家の子分が、徳田京四郎さまを賭場の中に引き入れたんじゃないのかい。つまり、そいつが心張り棒を外したんだよ」

「あっしも若い者も、賭場にいましたからね」

混迷を深め、五郎蔵は答えた。

「なら、客だよ。客の誰かが、徳田京四郎さまと組んでいやがったんだ。いや、じつのところ、その徳田京四郎さまはまがい者だろうがな。その偽者が現れたとき、賭場から出ていった客がいるんじゃないのかい」

豆蔵に指摘されると、

「客……ああ、そういえば、あいつだ。どじ野郎の亀吉だ」

五郎蔵は両手を打ち鳴らした。

「どじ亀か」

これで、裏付けられた。徳田京四郎を騙っているのは須藤一郎太で決まりだ。そして、須藤と亀吉は、お蝶たぶらかしに続いて賭場荒らしをやったのだ。

「亀吉の奴、おめえの賭場に出入りしていやがるのか」

つい、声が大きくなってしまう。

「そ、そうですが」

気圧《けお》されたように、五郎蔵は認めた。

「いかにも、どじな亀が出入りしてそうな賭場だな」

「はあ……」

五郎蔵は複雑な顔をした。

「そういうことか」

豆蔵の脳裏に、須藤と亀吉が親しそうに語らう姿が思い浮かんだ。

いまのところ、娘のたぶらかし、貧乏賭場荒らし、というちんけな罪を重ねるに留《とど》まっているが、今後はどうであろう。図に乗ってより大きな罪……彼らにしてみれば、大きな稼ぎを得ようと企んでいるのではないか。

「親分、賭場から奪われた金、なんとかなりませんかね。うちのような貧乏賭場は、五十両だって大金なんですよ。賭場の開帳に差し障《さわ》るんです」

涙目になって、五郎蔵は頼みこんできた。

「なら、御奉行所に訴えればいいだろう」

意地悪く豆蔵は返す。

「人が悪いですぜ。そんなことできないから、親分を頼っているんじゃないですか。取り戻してくださったら、三両を差しあげますよ」

揉み手をする五郎蔵を、豆蔵は睨み返す。

「三両だと……取られた金の一割にもならねえじゃないか」

「なんとかなりませんかね」

上目遣いに、五郎蔵は懇願した。

「おいおい、でか鼻の豆蔵といやあ、上野界隈じゃ、ちっとは知られた十手持ちだ。安く見られたんじゃ、こいつが怒るぜ」

豆蔵が腰の十手を抜くと、

「い、いえ、そりゃ、その、わかりましたよ。ちゃんと算盤《そろばん》を弾いて、奪われた金を一文単位で算出しますんで……そのうえで、おいくら出せるか親分に報せますよ」

あわてて五郎蔵は言った。

「そんな手間は取らなくたっていいぜ。五両だ。あがりがどれくらいだろうが、五両で引き受けるぜ」

豆蔵は断じた。

「五両ですか……」

ため息を吐いた五郎蔵に、

「嫌ならいいよ」

つれなく豆蔵は立ち去ろうとした。

「わかりました。五両でお願いします」

すがるように、五郎蔵は頼んだ。

六

五日の朝、夢殿屋で京四郎と松子は、豆蔵の報告を受けた。今日は春らしい晴天が広がり、桜の花が目に眩《まぶ》しい。

京四郎を騙っているのは徒士組の御家人、須藤一郎太であり、やくざ者の亀吉とつるんで、お蝶たぶらかしのほか賭場も荒らした、と豆蔵は得意げに語った。

「こんな話、ただってわけじゃござんせんよね」

ひととおり語り終えた豆蔵が、松子に右手を差しだした。

「わかりましたよ」

松子は文机の上に置かれた銭函《ぜにばこ》を開け、一分金を二枚、紙に包んだ。

「どうぞ」

松子に渡され、

「すまないね」

いつになく豆蔵は文句ひとつなく、上機嫌で受け取る。

「おや、親分、今日は欲がないのね」

「あっしはね、これでも十手御用を仰せつかる身なんだ。世を騒がす悪党をとっちめるのが務めさ。銭金で動くような、けちな岡っ引じゃござんせんや」

豆蔵は粋《いき》がって胸を叩いた。

「そりゃ、ご立派だこと」

苦笑する松子をよそに、よい気分で豆蔵は続けた。

「あっしが睨んだように、偽の徳田京四郎さまは、須藤一郎太って御家人に違いないんですがね。さて、どうしてやりましょうか。やっぱりここは京四郎さまみずからが、須藤の化けの皮をはがすのがいいんじゃござんせんかね」

もちろん京四郎や松子には明かしていないが、五郎蔵の礼金五両を労せずに手に入れる算段《さんだん》を、豆蔵はめぐらせているのである。

念のため、松子のほうも煽《あお》っておく。

「姐さん、こりゃ読売が売れるよ。天下無敵の素浪人、徳田京四郎が、偽者を退治する……大受け間違いなしだ」

「そうね」

うなずいたものの、松子はどこか浮かない顔である。

「どうしたんだい」

豆蔵が問いかけると、

「どうも、絵が浮かばないのよ」

松子は悩ましそうに言った。

「どういうこったい」

「だって、偽者はさ、冴えない御家人さんなんだろう。そんな小悪党、天下無敵の素浪人、徳田京四郎さまが退治してもね……京四郎さまが、須藤とかいう御家人の屋敷に乗りこんでいって、この偽者め、と叱りつけたら、御家人さんは畏れ入りましたって観念して、それで一件落着ってことになっちゃうでしょう。それじゃね、おもしろい記事にはならないわよ」

まこと、松子らしい算盤勘定である。

「まったく、姐さんはしっかりしていなさるね」

「要するに、がめついって言いたいんでしょう。だけどね、親分だって、金に目の色を変えるじゃないのよ」

「そりゃ、ま、そうだけど……」

豆蔵の声は小さくなった。

「なにかこう……華《はな》がないとね」

思案するように、松子は斜《なな》め上を見あげた。

「たとえば、偽の徳田京四郎が刃を振るい、弱い民を傷つけようとしているところを京四郎さまが颯爽《さっそう》と現れて、抜く手も見せず、あっという間に退治する……なんてことになったら、絵になるわよ」

同意を求めるように、松子は京四郎を見た。

だが、当の京四郎は、まったく乗り気ではないようだ。

「どうでもいいさ。世を騒がせるような大悪党ではあるまい。豆公、おまえ、須藤と亀吉をここに連れてこい。口達者なおまえなら、言葉巧みに誘いだせるだろう。ふたりが夢殿屋に来たら、おれがひとことふたこと、脅してやる。二度としません、と証文でも書かせれば十分だ」

「そうですか」

途端に、豆蔵の声がしぼんでゆく。

「なんだ、なにか文句でもあるのか」

「いえね、それじゃ、姐さんが読売にならないって承知しないいんじゃないかって思いましてね」

「まあ、そりゃそうだけど」

松子も不満そうな顔を見せる。

「どだい、たいした事件じゃない。読売にすることもあるまい」

さらりと京四郎は言ってのけ、あくび混じりに言い添えた。

「それにな、今回は誰が礼金を出すのだ。美味い物を馳走《ちそう》してくれるのだ」

すっかりと豆蔵は黙りこんでしまった。

「なら、豆公、須藤の屋敷に行ってこいよ」

京四郎が話を締めくくると、

「わかりました」

諦めたように、豆蔵は立ちあがった。

と、そこへ大きな風呂敷包みを背負った行商人が、血相を変えて店内に飛びこんできた。

銀次郎《ぎんじろう》という薬の行商人で、豆蔵と同じく夢殿屋にネタを持ってくるひとりだ。もっとも、豆蔵とは違って欲をかくことはなく、行商の先々で耳にした興味深い話を提供してくれる、いわば良心的なネタ元だ。

銀次郎は京四郎を見て、

「夜鷹なんか斬っていませんよね」

いきなり問いかけた。

京四郎が答える前に、

「なんだい、銀次郎さん、藪《やぶ》から棒《ぼう》に」

松子が問いかけた。

「そ、それがですよ……」

舌がもつれ、銀次郎は言葉を発せられない。

松子が奉公人に、水を用意させた。すぐに水の入った湯呑《ゆのみ》が用意され、銀次郎はひと息に飲み干す。荒だっていた息を整え、落ち着きを取り戻した。

それから豆蔵に問いかけた。

「親分、下谷同朋町の閻魔堂で、夜鷹が辻斬りに遭っただろう」

「ああ、知ってるよ。可哀相にな。これまで夜鷹が三人、斬られたんだ」

豆蔵は、御徒町の組屋敷街で会った美川権十郎とのやりとりを思いだした。

すると、

「違うんですよ」

銀次郎に否定され、豆蔵は怪訝な顔をする。

「昨晩の辻斬りを入れたら、四人です」

「昨日の夜も辻斬りが出たのかい……こりゃいけねえ。偽の京四郎さま探索で手一杯だったから、でか鼻の豆蔵ともあろう十手持ちが耳にしそこなったぜ」

知らなかったことを言いわけしながら、豆蔵は鷲鼻を指で撫でた。

「その辻斬りがですね、天下の素浪人、徳田京四郎と名乗ったそうなんですよ。そして、徳田京四郎が不逞《ふてい》の輩、夜鷹を成敗する、と言い放ったと」

銀次郎が言うと、

「ほほう、おもしろいな」

京四郎は笑った。

「笑っている場合じゃございませんよ。報せてくれてありがとうね」

松子は礼金を包んで、銀次郎に渡した。

銀次郎は遠慮がちに受け取ってから、話を続けた。

「あたしは、京四郎さまが罪もない夜鷹を斬るなんて、絶対になさらないと信じていますから、そんな噂が広がるのが口惜しくて」

怒りを滾《たぎ》らせた銀次郎は、

「親分、京四郎さまの濡《ぬ》れ衣《ぎぬ》を晴らしてくださいな」

豆蔵に言い置いてから、店を出ていった。

銀次郎がいなくなってから、

「須藤の奴、図に乗りやがって。とうとう殺しまでやりやがった」

許せねえ、と豆蔵は声を荒らげた。

「京四郎さま、風向きが変わってきましたよ。こりゃ、須藤に詫びさせるだけじゃ済みませんね」

松子の言葉が届いたのかどうかわからぬが、

「豆公、須藤の屋敷に案内しろ」

やおら京四郎は腰をあげた。

「そうこなくちゃ」

豆蔵も勢いよく立ちあがる。

「あたしも行きますよ」

当然のように、松子も言った。

七

京四郎と松子は豆蔵の案内で、須藤の屋敷にやってきた。京四郎は片身替わりの小袖ではなく、地味な紺地無紋の小袖に袴という目立たない装いだ。とはいえ高貴な品格は隠しようもなく、ただ者ではない雰囲気を漂《ただよ》わせていた。

木戸門に足を踏み入れるが、誰も出てこない。どうやら使用人はいないらしい。かまわず進んでいくと、屋敷内には須藤と亀吉がいた。

突然訪れてきた豆蔵を見て、

「こりゃ、親分」

亀吉は軽く頭をさげてから、京四郎と松子に怪訝な目を向けた。

「こちら、正真正銘の天下無敵の素浪人、徳田京四郎さまだ」

豆蔵が紹介した。

途端に横の須藤がそわそわとし、

「わしに何用でござる」

と、声を上《うわ》ずらせた。

「自分の胸に聞いてみるんだな」

京四郎が声を放つと、

「そ、そう言われても……」

泳ぐ目を隠すように、須藤は横を向いた。

「須藤さま、往生際が悪いですぜ。あんた、徳田京四郎さまを騙ったでしょう」

豆蔵が問いつめると、

「そんなことは……」

曖昧に須藤は言葉を濁《にご》した。

「いたいけな娘をたぶらかし、貧乏賭場からあがりを奪い、あげくに夜鷹を斬るとは、あんた、人じゃないよ」

怒りの形相で、豆蔵は迫った。

「ちょっと待て」

須藤は右手を激しく左右に振った。

「言いわけですか」

鷲鼻を鳴らした豆蔵に、

「ああ、言いわけといえばそうだが、とにかくちょっと待ってくれ」

須藤は語りかけた。

「ま、おあがりくださいよ」

すっかりと観念したのか、案外と落ち着いている亀吉は須藤を見やって、了解を得た。

豆蔵が文句を言おうとしたが、京四郎は応じた。

居間に通されるやいなや、須藤がすぐに、

「申しわけございませぬ」

と、京四郎に向かって両手をついた。

「口で詫びるのは誰でもできるぞ。泣かせた娘には慰謝料を払え。賭場から奪った金があるだろう」

京四郎が責めたてると、須藤に代わって亀吉が、

「それじゃあ、萬年寺の賭場には金を返さなくていいんですか」

と、素朴《そぼく》な疑問をぶつけてきた。

「返さなくていいだろう、そんなもの。金を奪われるようなどじな博徒にだって、面子《めんつ》というものがあるはずだ。取られた金をお返しください、などと泣きを入れるなんぞ、博徒、やくざの沽券《こけん》にかかわるではないか」

正論を吐く京四郎に、

「そうですよ。汗水垂らして得たお金じゃないんですもの。あぶく銭なんですから、世間さまに役立つことに使うべきですよ」

諸手《もろて》をあげて松子も賛同した。

ところが豆蔵だけは、

「でもですよ、盗人にも三分の利って言いますように、萬年一家だって苦労して賭場を維持しているんですよ。あいつらにとっちゃあ、五十両は痛いですよ。どうでしょうね、半分でも返してやっちゃあ」

と、博徒に味方した。

すかさず松子が、

「おや、親分、やけに博徒の肩を持つじゃないの。……ああっ、ひょっとして、萬年一家に頼まれたんじゃないの」

「妙な勘繰りはよしてくれよ」

豆蔵は横を見た。

「あ……五十両ってなによ。親分、どうして奪われたお金が五十両だって知っているのよ」

松子が詰め寄ると、豆蔵は必死に頭をめぐらす。

「そりゃ……あれだ。あっしくらいの練達の岡っ引になると、賭場を見ただけでどれくらいのあがりがあるか、見当がつくのさ」

「ふ〜ん、怪しいもんだわ。京四郎さまに須藤さま退治を進言したのも、萬年一家に頼まれたからでしょう。いくらもらったのよ。正直に話してくださいな」

「まだもらってないよ……」

思わず嘆いてしまってから、豆蔵はあわてて両手で口をおさえた。

松子は、くすりと笑った。

「と、ともかく、萬年一家にも、いくらか返してやったほうがいいですぜ」

遠慮がちになって豆蔵は主張した。

すると須藤は、それには答えず、別のことを語りはじめた。

「さきほど徳田殿は、わしが夜鷹を斬ったと申されたが、嘘偽りなく、わしは身に覚えがないですぞ」

疑わしげに、松子が問いかける。

「でもですよ、辻斬りは徳田京四郎と名乗ったそうです。本物の京四郎さまではないのだから、すなわち偽者の仕業ってことでしょう」

「そうですぜ、往生際が悪いってもんだ」

自分の悪巧みを誤魔化すように、豆蔵も強めに言いたてる。

「これでも武士の端くれだ。武士に二言はない」

なおも須藤は言いきるが、

「ほんとかね」

容易に豆蔵は信じようとしない。

「無礼者め」

思わず須藤がむっとしたところで、それまで小さくなっていた亀吉が、口を開いた。

「夜鷹が斬られたのはいつですか」

「昨日の夜ってことですよ」

松子が答えた。

「なら、須藤の旦那は、おいらとここで酒を呑んでいましたよ」

「おいおい、そんな証言が信じられるものか」

鼻で笑う豆蔵に、亀吉はうまく答えられず、口をもごもごとさせるばかりだ。

すると、

「おお、そうだ」

須藤が大きな声を出した。

みなの視線が集まる。

「美川殿……同じ御徒士組のご仁だが、美川殿が屋敷の前を通りかかった。夜四つ頃であったな。あいにく、月は雲に隠れておったから、しかとは美川殿とは断じられぬが……」

門の隙間から美川の顔を見た、と須藤は言った。

「美川さまっていいますと、朝顔栽培にうるさい、あ、いえ、くわしい……」

豆蔵が問い返すと、須藤は苦い顔でうなずいた。次いで、

「よし、わしが辻斬り京四郎を成敗する」

思いもかけないことを、須藤は宣言した。

「辻斬り京四郎、とはおもしろいことを申すじゃないか。気に入ったぜ」

そこで京四郎が大きく笑った。どこが心の琴線に触れたのか、周囲の者にはまったくわからない。

「京四郎さま、そんな笑っている場合ではありませんよ」

松子は京四郎を注意してから、

「須藤さま、どうやって辻斬りを成敗なさるんですか」

と、確かめた。

「それは……下谷同朋町の閻魔堂を夜まわりする。そして、徳田京四郎を騙る辻斬りを見つけるのだ」

「要するに、出たとこ勝負じゃござんせんか」

つい、くさしてしまい、あわてて豆蔵は「言葉が過ぎました」と謝った。

口を閉ざした須藤に、

「なにかあてがあるのではないのか」

京四郎も気になって問う。

「あてと言いますか……辻斬りが出没する時刻がわかるやもしれませぬ」

須藤の言葉に、京四郎がうなずく。

「いままで起きた三つの辻斬りの下手人と、昨夜の偽京四郎が同一人物だと考えたのだな。まあ、相手と場所からして、可能性は高いな」

「そうです、わしはそう睨みました」

須藤の言葉に、京四郎は笑みを浮かべた。

「であれば、まったくの出たとこ勝負とも言えまい」

辻斬りとの対決に覚悟を決めたかのような須藤に、

「あっしもお供しますよ」

亀吉が申し出た。

豆蔵が意外そうな表情を浮かべる。

「おまえ、案外と義理堅いじゃないか。忠犬ならぬ忠亀か」

「そんな、たいしたもんじゃござんせんよ」

亀吉は真顔で答えた。

須藤の屋敷を出ると、

「念のため、美川さまに確かめましょうか。須藤さまからお住まいの御屋敷を教わったことですしね。昨夜、夜四つ頃に、須藤さまの御屋敷の前を通りかかったのかって」

豆蔵が言った。

「そこまでしなくてもいいんじゃないかしら」

松子は躊躇《ためら》ったが、

「ちょっと行ってきますぜ。すぐ近くですからね」

そう言い捨てるや、すでに豆蔵は駆けだしていた。

「豆公に任せておけ」

京四郎は松子に声をかけて、のんびりと歩きだした。松子もついてくる。

しばらく歩いたところで、

「大変ですぜ！」

豆蔵があわただしく追いかけてきた。

京四郎と松子が向き直ると、早口にまくしたてる。

「美川さまの御屋敷をのぞきましたらね、物干しに着物が干してあったんですよ。その着物っていうのが、京四郎さまと同じ片身替わりだったんです」

「ということは……」

大きく目を見開き、松子が京四郎を見た。

「美川は着物を洗った……血のついた着物を洗ったのだろう」

淡々《たんたん》と京四郎は語った。まるで驚く様子を見せないことからして、なにかが気にかかっていたのだろうか。

「ということは、須藤さまが見かけたのは辻斬りの帰りだったたってことですか」

得心したように、豆蔵はうなずいた。

「どうします」

松子に問われると、

「須藤に任せよう。おそらく須藤は、美川が辻斬りだって感づいたんだろうぜ」

京四郎は須藤の屋敷に視線を移した。

果たして、

「旦那、ほかに辻斬り退治の推量はあるんですかい。まさか、ほんとに時刻だけってことは……」

亀吉は心配そうに問いかけた。

「辻斬りは美川だ」

静かに須藤は告げた。

「ええっ……」

口を半開きにした亀吉に、

「さきほど、美川が通りかかったのを見た、と話したな。暗くてよく見えなかったと申したが、美川が片身替わりの小袖を着ているのを、この目で確かめた。昨夜は、わしに影響されて、座興《ざきょう》でそんな真似をしているのかと思ったが、辻斬りの帰りだったのだろう。己の辻斬りを、偽の徳田京四郎におっかぶせるつもりだったに違いない」

落ち着いた口調で、須藤は述べたてた。

「辻斬りが美川さまだとして、どうします。乗りこんでいき、おまえが辻斬りだって責めたてますか」

亀吉の提案に、須藤は首を横に振った。

「いや、それより確実な方法がある。亀吉、屋敷に投げ文をしろ。辻斬りめ、明日の夜四つ、下谷同朋町の閻魔堂で待つ、と書き記してな」

「わかりました。閻魔堂におびきだしてやりましょう」

すぐに意図を察し、亀吉は声を弾ませた。

八

翌日の昼、夢殿屋に須藤からの使いが来た。

弄ばれた娘に二十両を渡してほしいと、松子に頼んできたのである。

話を聞いた松子は、渋々と引き受けた。

「さて、嫌な役を引き受けてしまったわ」

ぼやく松子に、さきほどから来ていた京四郎が、からかうように言った。

「それなら、豆公に任せればよかっただろう」

「任せられるわけないでしょう。二十両丸々、自分の懐に入れないまでも、手間賃だとかなんとか屁理屈をつけて、半分くらい自分のものにしちゃいますよ」

「だったら、やはりおまえが責任をもって、行ってやるべきだな」

京四郎に言われ、

「これも人助けね」

自分を納得させるように松子は言った。

黒門町の炭問屋、豊年屋を訪れた松子は、お蝶さんに会いたい、と手代に伝えた。手代は松子の読売を知っていたらしく、偽の京四郎だったと暴いてくれた、と感謝の気持ちを示した。とはいえ、偽者だったから騙されてよかった、というわけではないだろうが。

現れたお蝶は、松子の用件を聞き、

「ああ、あのお侍さまの……」

と、あっけらかんと言った。あらためて見れば、とても憔悴しているようには見えない。それどころか、明るく元気な若娘のようにも思える。

すっかりと松子は戸惑ってしまったが、

「じつはね、本物の徳田京四郎さまが、騙り者を諭《さと》してくださったの。せめてもの慰謝料だって、これをお蝶さんに届けてくれって」

二十両をお蝶に渡した。

「まあ、二十両も……本当にもらっていいんですか」

嬉々《きき》としてお蝶は言った。

「かまわないわよ」

松子の戸惑いをよそに、お蝶は満面の笑みで受け取る。

「どうやら、立ち直ったようね」

「ええ、すっかり。だって、若いんですもの。まだまだ楽しまないと。二十両あれば、美味しい物をたくさん食べられるわ」

楽しそうに、お蝶は声を弾ませた。

「じゃあね」

早々に松子は立ち去ったが、

「なんだかな」

複雑な思いに駆られた。

しばし、思案していたが、

「これでいいのよ。お蝶ちゃんはこれでいいのよ」

と、納得した。


その夜、須藤は片身替わりの小袖を着流し、閻魔堂へとやってきた。夜とあって木綿の貧相さは気にならず、それどころか、ほの白い月光を浴びて妖艶《ようえん》さすら漂《ただよ》わせていた。

そこらにいた夜鷹に、亀吉が事情を説明し、しばらく出ていくよう働きかけた。

「旦那、美川さま、やってきますかね」

亀吉は小声で問いかけた。

「現れるさ」

答えた途端に、足音が聞こえた。

人影が近づいてくる。

やがて見えてきた姿は、片身替わりの小袖を身に着け、儒者髷の鬘《かつら》を被っていた。

「おまえ……須藤か」

こちらに気づいたのか、美川が甲走った声を発した。

「美川、似合わぬ格好をしているな」

須藤は嘲笑を浴びせてから、自分の小袖を見て、

「似合わないのはお互いさまか」

と、大刀を抜いた。

「ま、待て」

美川はたじろいだ。

「どうした、夜鷹は斬れても、わしとは立ち合えぬか」

威圧するように、須藤は大上段に振りかぶった。偽の京四郎として、萬年一家の賭場で真剣を抜いたときの高揚感を思いだす。

美川は尻餅《しりもち》をつき、わなわなと震えだした。虚ろな目となり、

「朝顔侍などと陰口を叩かれ、わしも武士だと自信を持ちたかったのだ……」

「そのために夜鷹を斬ったか。わしも愚か者だが、おまえも相当に馬鹿だな。朝顔を栽培していたほうが、ずっと世のためになっただろうにな」

須藤は刀を鞘《さや》に戻した。

十五日、夢殿屋の奥座敷で、京四郎と松子、豆蔵が集まった。

御家人須藤一郎太、偽の徳田京四郎を退治、という読売が評判を呼んでいる。

須藤は京四郎を騙った美川権十郎の罪を暴きたて、召し捕ったのち、下谷同朋町の自身番に突きだした。

夢殿屋の読売では、須藤と美川が大立ちまわりを演じたことになっている。須藤は評定所から、報奨金五十両が下賜された。徒士組の名誉を守ったと、賞賛されたのである。

須藤の評判は高まり、実家に戻っていた妻も子どもを連れて戻ってきた。

亀吉は、そのまま須藤家の中間《ちゅうげん》となったそうだ。

「今回の手柄は豆公だな」

京四郎は豆蔵を誉めた。

豆蔵は鷲鼻を指で撫で、お辞儀をした。松子から金一両が渡される。

酒と料理が運ばれ、鯛《たい》の塩焼き、鯉《こい》の洗いといった御馳走に加え、小松菜の煮びたしや油炒めなどが食膳を飾った。

「こりゃ、美味えや」

豆蔵が感嘆の声をあげたように、小松菜のしゃきしゃきとした歯応えと嚙むほどに広がる甘味が絶妙だ。この小松菜は京四郎が栽培したのだ、と松子が話す。

「京四郎さま、青物栽培も凄腕《すごうで》ですね」

舌鼓《したつづみ》を打ちつつ、豆蔵が賛美した。

「今回は、でか鼻の親分の腕に感謝だ。偽者騒動、気にしておらんと言ったが、いい気分じゃなかったからな」

そう言って京四郎は、猪口《ちょこ》を満たした酒を飲み干した。葉桜《はざくら》となった時節だが、夢殿屋の奥座敷は桜満開、春爛漫《はるらんまん》の時を迎えていた。

第三話　闇への火付け

一

初夏の薫風《くんぷう》が心地よい、卯月三日の昼さがりである。

夢殿屋の店内で、

「松子、あの一件は読売にしたのか」

徳川京四郎が問いかけた。

左半身が白色地に真っ赤な牡丹、右半身は浅葱色に極彩色の龍という、片身替わりの小袖を着流している。

儒者髷に結った髪から鬢付け油が香りたち、夢殿屋に彩《いろど》りを添えていた。

帳場机で書き物をしていた松子は筆を休め、

「もう少し待っていてくださいね。力をこめて記事にしますから。読売屋人生を賭けた記事ですよ。男松子……いえ、女松子、一世一代の大仕事です」

瞳を爛々《らんらん》と輝かせ、松子は意気込んだ。

闘志を示すかのように、今日の松子は燃えたつような深紅色の小袖に、草色の袴を穿いている。

「やめておけ」

京四郎は冷めた口調で止めた。

「ええ……」

思いもかけない言葉に、松子は筆を落としてしまった。

「読売にするのはやめておけ、と言ったんだよ」

京四郎は繰り返した。

「ど、どうしてですよ」

不満たっぷりに、松子は問い直した。

ふたりが揉《も》めているのは、南町奉行所に関する大きな醜聞、疑惑であった。

弥生の二十日から、火付けが立て続けに三件起きていた。

幸い、類焼には及ばず大火にはいたらなかったが、放火された家は全焼した。

怪我人は出たものの、死人は出なかったのが不幸中の幸いであった。

三軒とは、神田三河町の両替商・近江屋《おうみや》、神田司町の薬種問屋・桔梗屋《ききょうや》、そして神田明神下に店をかまえる質屋の丸屋《まるや》であった。三軒とも神田界隈とあって、同一犯による火付けと見られていた。

三軒に恨みを持つ者の仕業であるのか、それとも、たまたま火付けしやすかったからなのか、明確な判断はできない。

それでも、火盗改《かとうあらため》は火付け犯として、紋吉《もんきち》というやくざ者を召し捕った。やくざ者だけあって、定職に就いているわけでもなく、昼間から酒を飲み、ぶらぶらとしているのが常の男である。

下手人と断定されたのも、火付けに遭ったうちの一軒、近江屋の近くをうろついていたのを目撃された、というのが理由だった。

これで、一件落着かと思われた。

三軒の商家には気の毒であったものの、平凡な火付け事件のはずだった。このときは松子も、読売にしようとは思っていなかったのだ。

ところが一昨日、大きく風向きが変わった。

きっかけは、でか鼻の豆蔵である。

「姐さん、今日はな、さすがの豆蔵さんも危なっかしすぎて渡れねえネタだぜ。自他ともに認める、腕っこきの十手持ちの豆蔵さんもな」

いきなり豆蔵は、思わせぶりなことを言いだした。

例によってネタを高く買ってもらうよう、姑息《こそく》な策であろう。

松子は内心で「その手には乗らない」と豆蔵に語りかけた。もちろん、そんな気持ちは表には出さず、

「そんな大事件なんですか」

さも、興味深げに問いかけた。

すると豆蔵は、

「こりゃな、あっしも言葉を選ばねえと、迂闊《うかつ》には話せないんだよな」

と、なおも勿体《もったい》をつけてくるではないか。

「話せないって、じゃあ親分、なにしに来たんですか」

つい、むっとして返してしまう。

「そりゃ、そうなんだよな」

どうやら、豆蔵は本気で迷っているようだ。そうなると、よけいに気にかかる。

「はっきりしないね。親分らしくないですよ」

もう相手にしないとばかりに、帳場机にある帳面を手に取った。さらに、「あ、忙しいわ」とつぶやく。

豆蔵は唸《うな》ってから、

「神田で起きた火付けなんだよ」

ぽつりと漏らした。

「火盗改が下手人を捕縛したって聞きましたよ。やくざ者だって」

なんだ、そんなことか。期待して損した、と失望を禁じえない。

「そりゃ、そうだけどな」

豆蔵の歯切れは悪い。

「そのやくざ者が火付け犯に間違いないって、火炙《ひあぶ》りになったじゃないのさ」

松子は言い添えた。

「そりゃ、そうなんだがな……」

またも豆蔵は、わけのわからない言葉を繰り返した。松子の不満そうな表情を読み取ったようで、説明を加える。

「火盗改ってのはな、姐さんも知ってのとおり、やってもいない者を無理やり白状させるのも珍しくないんだ」

豆蔵が言ったように、火盗改の取り調べはとかく荒っぽい。目つきが怪しい、現場付近をうろうろしていた、無宿者だ、やくざ者だというくらいの根拠で召し捕り、火盗改御頭の屋敷に引っ張ってゆく。取り調べの際には、殴る蹴るはあたりまえ、それでも白状しない場合は、拷問にかけた。

拷問に耐えられず、やってもいない火付けや盗みを白状し、火炙りや打ち首にされる者は珍しくはない。つまり、冤罪《えんざい》を生むことも少なくないのだ。

その観点からすると、やくざ者が濡れ衣を着せられたまま処刑された可能性は、無視できない。

「親分は、火炙りにされたやくざ者が無罪だって言いたいのかい」

松子の問いかけに、

「そうなんだ……」

と、つぶやいてから、

「だがそれだけだったら、姐さんに話を聞いてもらおうとはしないさ。今回の一件にはな、もっと深い闇が広がっているんだよ」

あらたまった顔で、豆蔵は言った。

「深い闇って……それはまた思わせぶりね。というか聞き捨てにできないわ」

松子の読売屋魂が疼《うず》いた。

「なにしろな、火付けの下手人……」

そっと豆蔵は店内を見まわした。数人の客が読売や草双紙、錦絵を物色しているが、こちらに注意を向けてくる者はいない。

それでも豆蔵はできるかぎり声をひそめ、

「真の火付けは南町の旦那だって、そんな噂があるのさ」

なるほど、それが事実ならば、南町奉行所は闇に覆《おお》われている。

「そんな馬鹿なことあるはずないじゃない」

松子は言下に否定した。

読売にするとしても荒唐無稽《こうとうむけい》に過ぎるし、悪戯《いたずら》に世の中を惑わせるのも、松子の本意ではない。

「そりゃ、あっしだって、噂を鵜呑《うの》みにしたわけじゃないさ」

心外だとばかりに豆蔵は声を大きくしたが、客の目を気にして口を手で覆った。

「じゃあ、ちゃんと拠《よ》りどころがあるの」

小声で松子が問いかける。

「もちろんだとも」

豆蔵は胸を張った。

「それは……」

「姐さん、あっしと一緒に、会ってもらいたいお人がいるんだよ」

「そりゃ、かまわないけど、どなたなのよ」

松子の問いかけに豆蔵はうなずくと、

「ちょいと、筆と紙を貸してくんな」

と、首を帳場机に伸ばした。

松子が筆と紙を渡すと豆蔵は、「卯月三日の暮れ六つ、黒門町、浮舟《うきぶね》」と書き記し、松子に渡した。達筆とまではいかないが、意外にもしっかりとした読みやすい文字だ。

「ここで、そのお人と会うのね」

松子が確かめると、豆蔵は首を縦に振った。

「あっしひとりで会うつもりだったんだがな、姐さんにも同席してもらおうと思いついたのさ。そのほうが姐さんにも、南の御奉行所の闇がわかってもらえるからな」

「それなら、ある程度の事情を知っておいたほうがいいわね。親分、わかっている範囲でいいから、くわしい話を聞かせて」

文机の銭函から一分金を紙に包んで、豆蔵に手渡した。

「すんませんね」

受け取ってから、豆蔵は語りだした。

それによると、火付けをしたのは南町奉行所の定町廻《じょうまちまわ》り同心、青山文蔵《あおやまぶんぞう》だそうだ。青山は、桔梗屋の娘であるお美津《みつ》にしつこく言い寄っていた。お美津の好意を引こうと足繁《あししげ》く桔梗屋に通い、贈り物をした。

そのため、質屋の丸屋に刀を質入れし、両替商の近江屋から借金をした。

しかし、お美津には受け入れられず、青山は激怒して桔梗屋に火を付けた。腹いせにとばかりに、丸屋と近江屋にも火付けをしたのだった。

火付け後に恐くなって、やくざ者の紋吉の仕業だと、火盗改に密訴に及んだのだとか。結果、紋吉は火盗改に召し捕られ、火炙りに処された。

「ここまではよかったんだが、青山さんの火付けは、南の御奉行所の知るところとなって、口封じされたって次第なんですよ」

豆蔵は話を締めくくった。

「それが本当なら紋吉は浮かばれないし、南の御奉行所は闇に覆われているわ」

少なからぬ衝撃を受け、松子は背筋が寒くなった。

「でも、桔梗屋さんに火を付けるのはわかるけど、丸屋さんや近江屋さんまで巻き添えにするというのはどうしてかしら」

「そりゃ、借金を帳消しにするためでしょうよ」

事もなげに豆蔵は答えた。

「でも、借金の証文は残っているんじゃないの。両替商や質屋は、大事な証文は土蔵の穴蔵に保管しておくじゃない。土蔵まで燃えたってことかしら」

松子が疑問を重ねると、

「土蔵ごと丸焼けになったんでしょうよ」

面倒くさそうに豆蔵は返した。

「親分、ほんと大雑把《おおざっぱ》なんだから」

「解せない点は、浮舟で会うご仁に確かめりゃいいさ」

無責任な豆蔵の言葉だが、

「それもそうね」

と、松子は受け入れた。

豆蔵が帰ってから、基本的な点は下調べをしておこうと、松子は桔梗屋と丸屋、近江屋をまわった。

三軒とも復旧は完全に終わってないものの、仮店舗をかまえて営業を再開していた。お美津は親戚の家にいるそうで話は聞けなかったが、手代たちによると、青山は頻繁《ひんぱん》にやってきていたそうだ。

丸屋に刀を質入れ、近江屋から借金をしていたのも裏付けられた。

これ以上、青山の死については嗅ぎまわるのは憚《はばか》られ、浮舟で会うご仁に確かめようと思った。豆蔵が持ちこんだネタは信憑性がある。浮舟で事実を固め、読売にしよう。

ひとまず、これまでの経緯を文にしたため、京四郎に送ることにした。読売にする旨も伝えたのである。

てっきり、京四郎から励ましの言葉をかけられるとばかり思っていたのが、正面切って反対され、松子は困惑と落胆、そして京四郎への疑念が募《つの》った。

二

「どうして、読売にするな、なんておっしゃるんですよ」

松子は京四郎に食ってかかった。

京四郎が答える前に、

「南の御奉行、大岡越前守《おおおかえちぜんのかみ》さまに遠慮なさっているのですか」

高ぶった感情を鎮《しず》めるかのように、松子は息を整える。

「おいおい、妙な勘繰りはよせ」

京四郎は努めて冷静に否定した。

「じゃあ、どうしてですよ」

やや表情を落ち着かせたものの、松子の剣呑《けんのん》な表情は変わらない。

「憶測を記事にするな、ということだ。町奉行所といえば、町や人を守る役目だ。記事の内容は、町人に疑心暗鬼を起こさせる。それでは治安は乱れるぞ」

淡々と京四郎は述べたてた。

常日頃から無鉄砲な言動を聞き慣れている松子は、京四郎が正論を述べたてることに違和感を抱いた。

「憶測じゃありませんよ。ちゃんと調べたんです。文に書きましたでしょう」

松子はむきになって言いたてた。

「文は読んだが、憶測の域を出るもんじゃないな。たしかに、南町の青山文蔵の仕業《しわざ》なのか。その根拠はなんだ」

あくまで、京四郎は冷静である。

文に書きましたが、と松子はわざわざ前置きをしてから、

「青山は桔梗屋の娘、お美津ちゃんにしつこく言い寄り、歓心を得ようとして、小間物《こまもの》や半襟《はんえり》を買うのに刀を質に入れたり、両替商で借金をしたりしていたんですよ。火が付けられた三軒に、すべてかかわっているんです。まったく、八丁堀同心が武士の魂《たましい》を質に入れるんですからね、呆《あき》れたもんですよ」

松子は青山を批難した。

「青山が火を付けられた三軒に関係していたとしても、それだから火を付けたということにはならないぞ。三軒は、いずれも神田にある。町廻りの途次、立ち寄っていたのかもしれない。借金や質入れのわけにしたって、別の事情があったのかもしれんじゃないか」

京四郎の指摘を、松子は聞き入れない。

「そんなことありませんよ」

「言いきれるか」

「言いきれます」

強い口調で、松子は言い張った。

「強引に過ぎるな」

冷ややかに京四郎は評した。

「そうでしょうか。それなら申しますが、火盗改の御頭、宇田川勘解由《うだがわかげゆ》さまは、町奉行への昇進を狙《ねら》っておられるんですよ。だから、火付け犯や盗人の捕縛に、血眼《ちまなこ》になっているんです。火事が起きたら、手あたり次第に怪しい者を召し捕っています。手柄を立てるのに躍起《やっき》ですからね」

松子の言葉に、

「だから、やくざ者は濡れ衣だと言いたいのか」

京四郎は返した。

「やくざ者、ええっと、紋吉という男ですけど、紋吉が怪しいと火盗改に告げたのは青山なんです」

憤りをもって、松子は言いたてる。

「密告したから青山が火付けなのか。そう決めつけられるのか」

またも京四郎は否定した。

「これを言ったら、またまた京四郎さまは否定なさるかもしれませんけど……」

「かまわぬ。話してみな」

京四郎の答えに、それでは、と松子は半身を乗りだした。

「青山は、紋吉が火付けだと火盗改に密訴したそうなんですよ。紋吉が火付けだと確信したのなら、自分が捕縛すればいいじゃないですか。町奉行所の同心が、火付けをお縄にするのは、なにもおかしくない。火付けは火盗改しか捕縛できない、というわけじゃないんですから。それが火盗改に密訴したのは、町奉行所で取り調べれば、紋吉の無罪があきらかになるからじゃないですか。濡れ衣を着せたことが発覚したら、むしろ青山のほうが追及されますよ」

松子は言いたてた。

町奉行所の取り調べは、火盗改のような手荒一辺倒ではない。

拷問するにも、町奉行から老中への上申が必要で、老中の許可がおりなければ実施できなかった。同心は拷問に頼らず、下手人の自供を引きだすことを求められたのだ。

そんな町奉行所に取り調べられれば、紋吉は無実だと判断される可能性が高い。

青山の立場は悪くなるのだ。

松子は、これでどうだと言わんばかりに得意げな表情である。

ところが、

「それも、どこまでが本当のことなのかわからぬな。青山に確かめたのか」

あくまで京四郎は納得できない顔である。

「確かめられるわけないじゃありませんか」

松子は唇を尖《とが》らせた。

「さすがの松子も、本人に問うことはできぬか」

京四郎の言葉を自分への侮辱と受け止めたのか、

「あたしがびびって青山に確かめない、と思っていらっしゃるのなら、大間違いですよ」

松子は厳しい目をした。京四郎は黙って見返す。

「文には書きませんでしたけど、青山は死んだんです」

「ほう……」

さすがに京四郎も黙りこんだ。

「青山は、自分の組屋敷で首を吊ったんです。自害したんですよ……それについても、悪い噂があるんです。御奉行所のどなたか、与力さまか……ひょっとして御奉行さまが、誰ぞに命じたとも……」

意味深な顔で、松子は言葉を止めた。

「自害に見せかけて殺されたという噂があるのか。なるほどな。いずれにしても、青山が火付けだったと表沙汰になるのを恐れ、南町奉行所は青山の口を封じた、と松子は読売に書こうというのだな……」

「そうですよ。いかにも体面《たいめん》を大事にするお上《かみ》らしいです。あたしのような町人からすれば、本当に忌《い》むべきことですよ。あたしは断じて許しません。都合の悪いことは表沙汰にしない、罪を取り締まらなきゃならないお役所が、罪を隠してどうするんですか」

松子は興奮で顔を真っ赤にした。

対して京四郎は、小さく息を吐く。

「今回のことは、臍《へそ》の下の話じゃない。お上を笑い飛ばす記事ではないのだ。町奉行所の非道なおこないを、確たる証なしで書いては、無用に民の気持ちを逆撫《さかな》でにするだけだ。奉行所や火盗改に対する信頼は失われ、恨みの声があがるぞ。そうなれば、江戸は大混乱だ」

京四郎の言葉に、今度は松子が黙りこんだ。

「夢殿屋も無事では済むまい」

京四郎は店内を見まわした。

「覚悟しています」

弱々しい声音で、松子は言った。

「松子の身も危ういだろう。手鎖《てぐさり》、課金《かきん》、百叩き……所払《ところばら》い……さて、どんな罰を受けるのだろうな」

ここまで言ったところで、松子は儚《はかな》げな笑みを浮かべた。

「遠島、打ち首、磔《はりつけ》、火炙り、そして獄門も覚悟していますよ。裸馬《はだかうま》に乗せられて江戸市中を引きまわされたら、京四郎さま、見物してくださいな」

「自暴自棄になるな」

宥《なだ》めるように言った京四郎だったが、

「自棄《やけ》になっているんじゃありませんよ。たとえ、この身がどうなろうと、お上の不正は許せません。まさしく、読売屋の沽券《こけん》をかけて戦います。松子は刀は使えませんから、筆で戦いますよ」

　文箱から筆を取り、松子は舞台役者のように見得《みえ》を切った。

「頭に血がのぼっているな」

　京四郎は苦笑した。

「そうですよ。全身に血が駆けめぐり、闘志が漲《みなぎ》っています。そうでなくては、お上を相手にできません」

「わかった、わかった」

「京四郎さまは、味方になってくださらないのですか」

　抗議するように、松子は京四郎を見た。

「もちろん、おれは松子の味方だ」

　さらりと京四郎は言ってのける。

「では、青山の不正、南町奉行所の揉み消しの一件を、一緒に弾劾《だんがい》してくださるのですね」

　松子は期待に表情を明るくした。

「それはできんな」

　にべもなく京四郎は断る。

「ど、どうして……いま、味方だとおっしゃったじゃありませんか」

「味方だが、青山の記事を書くことには反対だ。しかとした証のないうちに、憶測で書くにしてはあまりにも重大事だからな。無鉄砲なおれだが、猪突猛進はできぬ。気持ちだけでは、大事なことを見失う」

「もっともなお言葉ですけど、要するに京四郎さまも、お上の顔色をうかがっていらっしゃるんじゃありませんか」

松子が薄笑いを浮かべた。

「顔色をうかがってるわけじゃないさ。最初から青山の不正ありき、では話にならん、と申しておるのだ。それでは、真実はあきらかにならんぞ」

諭《さと》すように京四郎は言ったが、松子は受けつけない。

「京四郎さま、もっともな言葉ですが、日和見《ひよりみ》ですね」

「こりゃ、手厳しいな」

肩をすくめた京四郎に、

「真面目に言っているんですよ」

松子は頰を膨《ふく》らませた。

「おれだって、冗談で言っているんじゃないさ」

さすがに京四郎は、むっとして返した。

口をつぐんだ松子に、無駄だと思いつつ京四郎は言った。

「松子、少し頭を冷やせ」

「あたしは落ち着いて、今回の一件に取り組みます」

冷めた口調で、松子は言った。

「そうであればいいがな」

「ご忠告、ありがとうございます」

皮肉たっぷりに松子は返した。

「そうか」

これ以上の言葉を、京四郎は封印した。

三

卯月三日の暮れ六つ、松子は豆蔵とともに、南町奉行所の同心、大宮幾多郎《おおみやいくたろう》と会った。待ち合わせ場所である、上野黒門町の小料理屋、浮舟の奥座敷である。

「大宮の旦那は、一本筋《すじ》の入ったお方なんですぜ」

おだてるように豆蔵は言った。

大宮は歳のころなら四十過ぎ。臨時廻《りんじまわ》りということは、よほどの練達《れんたつ》なのであろう。小銀杏《こいちょう》に結った髷《まげ》、千鳥格子柄の小袖《こそで》を着流し、黒紋付の裾《すそ》をめくって帯にはさむ、いわゆる八丁堀の旦那特有の巻き羽織が板についている。

角張った顔、がっしりとした身体つきも、松子の目には頼もしく映った。

「わしはな、お上の御用を受けたまわる者として、忸怩《じくじ》たる思いじゃ」

大宮は、ぐいっと猪口《ちょこ》の酒を飲んだ。

輪切りにした大根と、短冊状に切った油揚げを出汁《だし》で煮込んだだけの料理であるが、食べると予想外の味わいだった。酒や味醂《みりん》、醤油のほかに、この店独自の出汁が加えられているそうだ。鍋物の大根にありがちな煮込みすぎではない。

そうした大根はやたらと熱く、くたくたのやわらかさとあって、口に入れると噛む前に身が崩れ、舌を火傷してしまう。ところが、この店の大根は、噛みしめる食感を楽しめ、煮汁の味わいがしっかりと伝わってくる。

油揚げの甘味たるや、一緒にうどんを啜《すす》りたいほどだ。

しかも、材料は大根と油揚げだけとあって、安価なのがありがたい。

身近なところに、こんな美味い物を食べさせる店があるとは意外だった。大宮の食道楽ぶりがわかる。

松子は料理を絶賛し、

「大宮さま、舌が肥えていらっしゃいますね。誰でもお金を払えば美味しい物を食べられますが、自分の舌で美味しい食べ物を見つけだす、というのは、本当に粋《いき》ですよ」

大宮の食通ぶりも褒め称えた。

この料理なら、食にうるさい京四郎も満足するだろう。教えようか、と思ったが、今回の一件でのつれない態度への腹立たしさで黙っておくことにした。

「わしはな、食べることだけが楽しみなんじゃ。もっとも、七人の子持ちゆえ、銭金は自由にならん。できるだけ銭金をかけず、美味い物を食いたい、と町廻りの途次、評判の店に足を運んでおる。町廻りか美味い物探しか、わからんがな。とんだ、不行状同心だ」

がははは、と大宮は陽気に笑った。

松子と豆蔵も追従笑いをする。

料理を味わって、つい本題を忘れてしまったのに気づき、

「忸怩たる思いをなさっていらっしゃるのは……失礼ですが、青山文蔵さんの一

件ですか」

ずばり、松子は問いかけた。

「そうじゃ」

大宮は、深いため息とともにうなずいた。

「青山さんは口封じをされた、なんて物騒な噂がありますけど……」

さらに松子は問いを重ねる。

即答はせず、大宮は少し間を置いてから、

「そんな噂が流れておるな」

曖昧《あいまい》な物言いながら、認めた。

松子は、ちらっと豆蔵を見た。黙っていないで、親分も話を聞いて、という意志を目にこめる。それを察した豆蔵が、

「大宮の旦那、腹を割ってくださいませんか」

と、ちろりを向けた。

「わしは、自分で申すのもなんだが、正直者というか嘘がつけない性質《たち》でな」

大宮は大真面目に言った。

「あっしも耳にしていますよ。南の御奉行所じゃ、正直幾多さんとか、仏の幾多

さんなどという二つ名で呼ばれていらっしゃるとか」

すかさず、豆蔵はよいしょをして松子に語りかけた。松子も「よくわかりますよ」などと話を合わせてから、

「青山さんについて、お話しいただきたいんです。青山さんは、薬種問屋、桔梗屋さんのお美津さんに惚れていたのですか」

と、問いかけた。

「そうじゃな、お美津な……」

大宮は肯定するような素振りを見せた。

青山は、二年前に妻に先立たれたらしい。親戚からは、早く後添いを迎えるよう言われていたそうだ。

「青山という男は、大変に真面目でな。一本気な人柄だった。仕事熱心で後添いの話があっても、仕事優先で受けようとはしなかったのだ」

「それが、お美津さんを見初《みそ》めたのはどうしてなんですか。青山さんは二十五、お美津さんは十八。まあ、年恰好からすれば、おかしくはないのですけど」

松子は言った。

武士と町人の身分差ということも、たとえばお美津が八丁堀同心の家に養女に

入るなりすれば、解消される。

もっとも、肝心なのは、お美津が青山をどう思っていたかである。

「青山の旦那が、お美津ちゃんに懸想《けそう》したっていうのは、なにかきっかけがあったんですか」

重ねて、豆蔵も問いかけた。

「文蔵の、あ、いや、青山の父親には、わしも世話になった。それゆえ、あいつが見習いで出仕して、わしが世話役になった。だから、いろいろと相談にも乗った。お美津のこともな」

大宮によると、青山がお美津と知りあったのは、半年ほど前だったらしい。

お美津は乳母を伴い、不忍池《しのばず》の畔《ほとり》にある茶店でくつろいでいた。すると、そこでやくざ者に絡《から》まれたのだという。

「ひょっとして、そのやくざ者というのは紋吉ですか」

松子が確かめると、「そうだ」と大宮は認めてから、

「その日にかぎらず、紋吉はしつこくお美津に絡んだそうだ」

「そこで青山さんが、紋吉を追い払ったんですか」

「そうだ」

短く大宮は答えた。

「そのとき、青山さんはお美津さんを見初めたんですね」

大宮は深くうなずき、それからというもの、青山は桔梗屋に足繁《あししげ》く通うようになった、と説明を加えた。

お美津は両親から、接客する必要はないと言われていたが、小売りもしていたという。桔梗屋は問屋であったが、小売りもしていたが、もともと人と話すのが好きな性格で、稽古事に通わない日は昼まで店に出ていた。

現にお美津目あての客が、高額な薬種を買っていくことも多く、店の売上には貢献したが、両親は儲けよりも、娘に悪い虫がつくのを心配した。

お美津に惚れた青山も、薬を求めることを名目《めいもく》に通った。

お美津は助けてくれた恩から、青山にはひときわ愛想良く、親切に接した。それを青山は、自分に対する好意と受け止めてしまったらしい。

「ところがな……」

大宮はため息を吐いた。

豆蔵が引き取り、訳知り顔で語った。

「惚れ抜いた娘の家である桔梗屋に火付けをしたということは、かわいさあまって憎さ百倍ってことですか。つまり、お美津ちゃんへの想いは、一方的なものだった。いっこうに振り向いてくれなかったんで、憎しみが湧いたと」

「そういうことだが、文蔵が言っていたのは、お美津が自分の好意を受け入れなかったことに加えて、よりにもよって、あいつのことを好きだなんて……と嘆《なげ》いていたな」

自分のことのように、大宮は苦い顔をした。

「そりゃ、ひょっとして、紋吉のことだったんじゃありませんか」

豆蔵の推測に、

「きっと、そうよ」

松子も同調する。

大宮は黙って酒を口に含んだ。

「これで、つながりましたぜ」

相好《そうごう》を崩し、豆蔵は松子に語りかけた。

「こういうことね」

これまでの話を踏まえ、松子が推量を展開する。

青山は紋吉に絡まれ、困っているお美津を助けてやった。そのとき、青山はお美津にひと目惚れをした。以後、青山は町廻りの途次、桔梗屋を訪れるようになる。お美津も、自分を助けてくれた恩から愛想良く、応対してくれた。

「生真面目な青山さんは、それを自分に好意がある、と受け取ってしまったということで間違いないですね」

釘を刺すように松子が確かめると、

「女慣れしていない男にありがちなこったよ。無理もないが憐《あわ》れなもんだ。惚れた男も、惚れられた女もな」

豆蔵が言った。

「文蔵は遊びを知らぬ、一本気な男であったからな」

大宮も認めた。

「青山さんは、お美津さんの気を引こうと、いろいろと贈り物をしたんでしょうね。値の張る小間物、小袖なんかを買い与えたんじゃないかしら。それで、そのお金を得るために、両替商で借金をしたり、質屋に行ったりしたんですね」

松子の推測を受け、大宮が言い添える。

「なんでも桔梗屋では、高麗人参《こうらいにんじん》のような高価な薬を買い求めていたらしい」

「高麗人参とはすごいですね。お美津ちゃんの気を引こうと無理をしなすったんですね。ひょっとして、お美津ちゃんばかりか、親御さんにもよく思われようとしたのかもしれませんよ」

豆蔵は、「いじらしいね」と肩をすくめた。

高麗人参は一本、五両から六両もする高級薬種だ。豆蔵の話を引き取って、松子は続けた。

「青山さんにしたら、これだけ誠意を見せているのに、お美津さんは振り向いてくれない、それどころか、よりによってあの紋吉とよい仲になっているのを知った。そのときの気持ち、想像にあまりありますね。なんだか、気の毒になります……もちろん、だからって、火付けをしていいもんじゃありませんがね」

松子は豆蔵を見た。

「まあ、十中八、九、姐さんの推量どおりだろうな」

賢《さか》しら顔で豆蔵は答えた。

「質屋の丸屋さんと、両替商の近江屋さんに火を付けたっていうのは、やはり借金を帳消しにするためかしら」

疑問に思っていたことを、松子は大宮に問いかけた。

「それだけではなく、取り立てが厳しかったのかもしれぬ。町人から無礼な態度をとられ、武家に誇りを持つ青山は、よけいに怒りを覚えたのだろう」

なるほど、大宮の答えは得心がゆくものだ。

松子が深くうなずくと、大宮が話を続けた。

「そもそも火盗改が紋吉を疑ったきっかけは、紋吉が火付けだという投げ文があったからだ。投げ文にもとづいて聞きこみ、火事が起きたときに紋吉が近江屋のまわりをうろついていたという目撃者を得て、召し捕ったのだ」

話にあった密訴とは、そのようなものだったのか。

「で、その投げ文をしたのが、青山さんってわけですかい」

豆蔵の問いかけに、

「さあな……」

大宮は曖昧に言葉を濁《にご》した。

これは知っているな、と松子の読売屋としての勘が告げた。

四

「ここまでお話しになったんですよ。投げ文の一件も、なにかご存じなんじゃありませんか」

松子が迫ると、

「そうですよ、腹を割ってください。そりゃ、青山さんをかばいたい気持ちはわかりますがね、濡れ衣を着せられたままじゃ、紋吉は成仏できませんや」

目を凝らし、豆蔵は鷲鼻を指で撫でた。

そうだな、とつぶやいてから大宮は語った。

「じつはな、火盗改を訪れて、投げ文を見せてもらったのだ。文の文字は……文蔵の筆遣いに似ておった」

微妙な表現ながら、大宮は投げ文の主が青山であると判断したらしい。

ここで、新たな疑問が松子に生じた。

「どうして紋吉は近江屋さんのまわりを、うろついていたんでしょう」

これには大宮ではなく、豆蔵が答えた。

「おおかた、店に手先として雇われ、どこぞの取り立てでもしてたんじゃござんせんかい」

「それよ」

松子も賛同してから、

「紋吉は意趣返しもあって、近江屋さんの使いとして、青山さんに厳しい取り立てをしたんじゃないかしら」

松子の推測に、豆蔵も大宮も賛同する。

「質屋の丸屋さんは、なにか関係してくるのかしら。それに、桔梗屋さんの火付けも紋吉の仕業だって火盗改が見なした理由は、なにかしらね」

なおも考えこむ松子に、豆蔵は大雑把《おおざっぱ》に答える。

「そんな細かいことはいいんじゃないですかね」

「親分、そりゃいけないわよ。そんな探索ぶりだから、濡れ衣を着せられたまま罰せられる者が出てくるんじゃないの」

松子は声を大きくして非難した。

「こりゃ、一本取られたな」

気まずそうに豆蔵は、自分の額《ひたい》をぴしゃりと叩いた。

「松子とやら、もっともな意見だ。たいしたものだな」

顔を綻《ほころ》ばせた大宮に、松子は誇らしげに胸を張る。

「これでも、読売屋ですからね。ガセネタで読売を作らないのが、あたしの信条なんです」

「よう申した」

よりいっそう感心したように、大宮は何度もうなずく。

「あっしも学ばされますよ」

もっともらしい顔で、豆蔵が口をはさんだ。

「よく言うわよ」

松子の苦笑に、

「ま、いいじゃござんせんか。さあ、飲みますよ」

調子よく豆蔵は、酒のお替わりを頼んだ。

「それで、丸屋さんと桔梗屋さんへの火付けも紋吉の仕業だと決めつけたのは、どういうわけだったんですか」

松子は疑問を蒸し返した。

「文蔵の……あ、いや、文蔵と思われる者による投げ文に、丸屋と桔梗屋も紋吉の仕業だと記してあった。近江屋と違って目撃証人は得られなかったが、火盗改は三件の火付けが同じ者の仕業と見なし、紋吉の口を割らせたのだ。火盗改の狙いどおり、紋吉は白状したのだな」

答えると、大宮は猪口の酒を飲み干した。松子はお酌をしてから、

「要するに、拷問にかけて無理やり白状させたんでしょう」

語りかけると、大宮は渋面《じゅうめん》を作った。

そこで松子は表情を落ち着かせ、

「それで、大宮の旦那」

と、声をひそませる。

「なんだ」

思わず大宮は身構えた。

松子に代わって、豆蔵が確かめる。

「夢殿屋で、事の真実を読売に書きたてようと思うんですがね。大丈夫ですか」

「……わしも南の御奉行所の同心だ。大丈夫とは申せぬな」

乱暴な手つきで、大宮は猪口を膳に置いた。猪口から飲みかけの酒がこぼれる。

豆蔵が「すんません」と謝り、お酌をしようとしたが、大宮は不機嫌な顔で断った。

空気が悪くなり、松子は話を変えた。

が、それはより重く、より大宮が答えづらい問いかけであった。

「肝心なことですが、青山さんは自害させられたんですか、それとも殺されたんですか」

思わずといったように、豆蔵は目を逸らした。

大宮は口をへの字に閉ざした。

それでもたじろぐことなく、松子は踏みこんだ。

「南の御奉行所では、青山さんの死をどのように受け止めているんですか。どなたも、なにもおっしゃらないのですか。臭い物には蓋《ふた》、ということですか」

「痛いことを言うな」

渋面を深め、大宮は猪口を手に取ったが、口をつけず膳に戻した。

「どうなんです」

かまわず、松子は突っこんだ。

大宮は腹から絞《しぼ》りだすように、

「それを、わしの口から言わせるのか」

「本当のことを、おっしゃっていただけませんか」

ここが頑張りどきだと、松子は引かない。

「わしも奉行所の一員だ」

大宮は繰り返した。奉行所を裏切るわけにはいかないということだろう。

「真実をあきらかにしたいんですよ」

場の雰囲気を読んだのか、松子が訴えるのを豆蔵がやんわりと制する。

「姐さん、こればっかりは無理ってもんだぜ。大宮の旦那にも、お立場があるってもんだ」

「わかっているわよ。そりゃ、紋吉はやくざ者よ。生きていたって、世の中のお役に立つことなんかないって思うわ。でもね、だからって濡れ衣を着せられて、火炙りにされていいってもんじゃないでしょう！」

体制への不満をぶつけるように、松子は声を大きくした。

「そんなことは、大宮の旦那も重々ご承知さ。でもな、やっぱりそりゃ無理ってもんだ」

豆蔵は必死に宥める。

「じゃあ、どうすりゃいいのよ。せっかく、真実があきらかになるって思ってやってきたのに……これは、読売で儲けようってわけじゃないんです。お金儲けなんかじゃなくって、御奉行所の闇を晴らしたいんです。読売屋の分際《ぶんざい》で偉そうなことを言うな、と思われるかもしれませんけど、あたしは読売屋の沽券にかけて青山さんの一件を世に問いたいんです」

松子は切々《せつせつ》と訴えた。

「気持ちはわかりますがね……」

豆蔵は小さく息を吐いた。

大宮の顔を、松子は正面から見据える。

すると、

「わしの名を出してもいいぞ。事を読売に書きたててもよい」

意外なことを、大宮は言いだした。

「ありがとうございます」

表情をやわらげ、松子は声を弾ませた。

「いいんですかい」

豆蔵の示した危惧に、大宮はひとつうなずいて、

「ただし、条件がある。こんな危ない橋を渡るんだからな」

「おっしゃってください」

身構えた松子に、

「読売に載せるのは、ひと月後にしてもらいたい」

大宮は言った。

「ひと月ですか……」

不満そうに、松子はつぶやく。

「ならば、二十日後でいい」

大宮は妥協するが、それでも松子は躊躇《ちゅうちょ》している。

「姐さん、ここは旦那の言い分を聞いたらどうだい」

さすがに豆蔵が間に入った。

「わかりました。二十日後ということで」

松子は了承した。

「それと……」

勿体《もったい》をつけるように、大宮がひと呼吸置いた。

松子は黙って大宮を見返す。

「百両……百両を用意してくれ。明日、遅くとも明後日までにだ」

思わず顔を見あわせた松子と豆蔵に、大宮は自嘲《じちょう》めいた笑みを見せた。

「こんなことをして、奉行所にいられるわけはない。同心を辞めて、江戸から出てゆく。卑怯な男と蔑《さげす》むがいい。とんだ、正直幾多さんだな」

「そりゃそうだ。大宮の旦那は職を賭していらっしゃるんだ」

すぐに理解を示した豆蔵と違って、松子は口を閉ざしていた。

百両は大金だ。足りない分は方々《ほうぼう》から掻き集めれば、そろえられないことはないが、夢殿屋の蓄財は、間違いなく潰《つい》える。それに、今回の一件を読売にすれば、南町奉行所から咎《とが》められ、松子の身も夢殿屋もどうなるかわからない。

たとえ死罪や遠島から逃れられたとしても、無一文で放りだされるかもしれない。そうなれば、読売屋としての再起は難しいだろう。

それでも、真実をあきらかにしたい。しなければならない。

「わかりました。明日、夢殿屋にいらしてください」

覚悟を決め、松子は言った。

「よし、たしかにな」

大宮は首を縦に振った。

それからしばらく飲み食いを続け、大宮は帰っていった。

ぽつりと豆蔵が、

「姐さん、いいのかい」

と、いまさらながら問いかけた。

「承知したんだもの。もうあとには引けやしないわよ」

「あんた、たいしたもんだな。いや、感心したよ」

言葉どおりに、豆蔵はしげしげと松子の顔を見た。

「これが最後か……」

達観したような顔つきで、松子はつぶやく。

「縁起でもねえや」

豆蔵は笑った。

「これが最後の読売だって、覚悟を決めて出すわよ」

あらためて松子は決意を示した。

「よし、あっしも腹をくくりましたぜ」

ぐいっと猪口をあおった豆蔵は、松子に問いかけた。

「ところで京四郎さまは……京四郎さまに、この一件を助けてもらったらどうですよ」

「頼めないわよ」

すぐさま松子は否定した。

「いざとなれば、公方さまに助けてもらえるかもしれねえ」

当然のように、豆蔵は勧めた。これまでに、京四郎にまつわるある程度の事情は聞かされていたのだ。

「京四郎さまはね、公方さまを頼ることをいちばん嫌うのよ」

それに、と松子は内心でつぶやく。今回の一件で、京四郎とは意見が対立して物別れになってしまったのだ……。

「そんなもんですかね」

事情を知らない豆蔵は、首を傾げるばかりである。

「ともかくね、今回のことは京四郎さまとは別に、あたしの手でやりたいんですよ」

「そいつはたいしたもんだ。つくづく、姐さんを見直しましたぜ」

「照れるじゃないさ」

松子も猪口の酒を飲み干す。

思わぬ形で夢殿屋をたたみ、読売屋すら辞めることになりそうだ。

「親分、祝杯とは言えないけど、楽しく飲んでくださいな」

松子の言葉に、

「よし」

豆蔵も吹っ切れたようだ。

五

明くる四日、松子は百両という金を集めようと算段《さんだん》した。

帳簿を取りだし、算盤玉《そろばんだま》を弾く。

店を閉じるとなると、奉公人への支払いも段取りしなければならない。ため息ばかりが出てくる。

大見得《おおみえ》を切ったものの、現実には困難を極めるばかりである。しかし、もうあと戻りはできない。松子は自分を叱咤《しった》した。

読売の内容を考えてみる。

できれば、一回だけではなく、何回にもわたって書きたてるべきネタである。

しかし、南町奉行所はそれを許さないだろう。

となると、一回に凝縮した記事にしなければならない。

「要領よくしなければな」

松子はあれこれと構想し、筆を執った。

書きだしたが、すぐに紙を丸めた。うまく書けない。気が散ってしまう。せっかくの記事なのに、と焦《あせ》りが募《つの》ってきた。

「あ〜あ」

ついため息が漏れてしまうのであった。

その日の朝、曇天《どんてん》模様の下で、京四郎は屋敷内にある畑を耕している。農作業に集中すると心地よい汗が流れ、まこと爽快な気分になる……はずだが、どうも晴れない。

すっきりとしないどころか、灰色がかった靄《もや》が胸にかかっている。

原因が曇り空ではないのは明確だ。

松子との対立である。松子は南町奉行所の闇を暴きたて、世に公表しようと意気込んでいる。

京四郎はそれに反対した。松子は日和見だと、逆に批難してきた。

もちろん、恐れをなしたのでも、躊躇《ためら》ったのでもない。南町奉行の大岡忠相《ただすけ》、さらには将軍徳川吉宗からどのように思われようが不快がられようが、いっこうにかまわなかった。

もっと言えば、最悪の場合、つまり京四郎の命を奪おうと刺客《しかく》を差し向けられても、返り討ちにする自信があった。

松子に賛成しなかったのは、噂で書くような内容ではなかったからだ。どこその大店の主の不倫、賄賂《わいろ》、役人の汚職といった次元ではない。

奉行所が組織ごと冤罪を作りだした。しかも、身内の同心の罪を隠すために。火盗改もそれを知ってか知らずか、やくざ者とはいえ無罪の男を処罰した。

そんな大事である。

大岡忠相たる者が、そんな陰険な不正に加担するとは思えない。大岡には何度か会い言葉を交わしたが、邪悪な男ではなかった。もちろん、京四郎に見せた顔と別の面が、大岡にはあるのかもしれない。

幕府の要職にある身だ。吉宗の信頼が篤《あつ》く、町奉行の職務以外にも吉宗からさまざまな諮問《しもん》を受け、それに応えている。

吉宗から重用されているということは、大岡の有能さを表しているのだが、嫉妬を買ってもいるだろう。大岡の足元をすくおうと、虎視《こし》眈々《たんたん》と狙っている者もいるに違いない。それらの権力抗争は、大岡が望む、望まないにかかわらず、巻きこまれてしまうものだ。

そして戦いには、策略が付き物だ。仕事ができる……つまり能力だけでは勝てないはずだ。

時に、陰謀にも手を染めねばならぬのではないか。

したがって京四郎は、大岡の人となりを信じているだけで、松子を止めたのではなかった。むしろ逆の見方からである。

大岡が関与したとしたら、もっと緻密《ちみつ》な企てになっただろう。

たとえば、青山が紋吉に火付けの罪行を負わせたのだとすれば、青山を徹底的に取り調べさせたはずだ。その結果、青山の罪状があきらかになれば、厳罰に処するに違いない。

青山の罪を世に公表し、みずからは老中に辞表を出すのではないか。

奉行所内で臭い物に蓋をする、などという姑息《こそく》な方法はとるまい。辞表を出しても、老中や吉宗から慰留されるだろう。それを狙っての辞意表明であるにしても、それが大岡にふさわしい出処進退《しゅつしょしんたい》である。

青山が首を吊ったのは、もしくはひそかに殺されたのだとしても、大岡の指示ではないはずだ。方法が杜撰《ずさん》で、乱暴すぎるからだ。

つまりは、南町奉行所という役所全体の腐敗ということはありえぬ。

しかし、頭に血がのぼった松子に、それを解いたところでかえって闘志を掻きたてるだけだろう。

京四郎は畑を見まわした。

ところどころ、雑草が群生している。畑は正直だ。手入れを怠《おこた》っている様《さま》を、如実に物語っている。

「さて、やるか」

自分に活を入れ、京四郎は鎌《かま》を手に取った。

すると、

「お手伝いしますぞ」

という声がかかった。

意外にも声の主は、大岡越前守忠相である。

しかも、従者を連れず、ひとりだった。地味な木綿の小袖に火事羽織を重ね、農作業を手伝うつもりできたのか、裁着《たつつ》け袴《ばかま》を穿いていている。

「こりゃ、御奉行さまが手伝ってくれるとあっちゃ、畏れ多いね」

軽口《かるくち》混じりに京四郎が返すと、大岡は羽織、雪駄と足袋《たび》を脱ぎ、畑に足を踏み入れた。

黙々と草をむしりはじめる。

さらには京四郎から鋤《すき》を借り、土を耕す。腰が入り、疲れを知らない野良仕事ぶりを、大岡は示した。

一時ほども作業を続けたあと、

「もういいよ、大岡さん。いやあ、すっかりきれいになったな。なかなかやるね、あんたも」

京四郎は褒めあげた。

「いやあ、よい汗を掻きました」

大岡は手拭《てぬぐい》で、顔や首筋の汗を拭《ぬぐ》った。

ふたりは井戸端で諸肌《もろはだ》脱ぎとなり、井戸水で身体、手足を洗って、母屋の縁側に腰を落ち着けた。大岡は持参の瓢簞《ひょうたん》を持ち、

「いきましょう」

と、誘ってきた。

断る理由もなく、京四郎はさっそく湯呑を持ってくる。

冷やで、酒をくいっとあおる。乾いた咽喉《のど》に、さらりとした酒が入ってゆく。

胃の腑が刺激され、気分が楽になった。

そこで、大岡の表情が引きしまった。

来訪の用件を切りだそうというのだろうが、躊躇いがあるのか語りだせないでいる。

そこで、

「青山って同心のことかい」

話しやすいように、京四郎から切りだした。

「さすがは徳田殿、お耳が早いですな」

「おれの耳にも入ったんだ。ずいぶんと物騒《ぶっそう》な噂がな」

「いまのところ、あくまで噂の段階に留《とど》まっておりますが、遠からず大きな醜聞となって、江戸市中に広まるかもしれませぬ」

大岡は危ぶんだ。

「青山の死に、不審なものがあるのかい」

「情けないことに、拙者、その辺の事情を知らずにおります」

多忙を極める大岡でなくても、町奉行は奉行所内での雑事にかぎらず、民事の訴訟の吟味《ぎんみ》、刑事事件の吟味や人事などの業務も、与力に任せている。

奉行は転勤があるが、与力、同心は、生涯にわたって奉行所に奉職する。したがって、実務に長《た》けるのだ。

大岡とて例外ではない。

「青山が自害したとの報告は受けました。自害の理由は、鬱々《うつうつ》とした気の病だとも聞いておったのです」

「気鬱になっていたというのは……」

京四郎は興味を抱いた。

「三月ばかり前、手塩《てしお》にかけて育てた息子を、病で亡くしたのですな」

「息子を……」

初耳である。

「妻を亡くしたのが二年前です。それが、ひと粒種まで亡くしたのですから、さぞや気を落としたことでしょう」

「そりゃ、無理もないな」

京四郎が納得したところで、大岡は続けた。

「息子の耕太《こうた》の治療のため、青山は評判の名医を探しまわっておりました。不肖、拙者も与力を通して相談を受けましたので、ひとりの医者を紹介したのです」

しかし、その甲斐もなく、息子は死んでしまったのだ。

「耕太はいくつだったんだ」

京四郎が問いかけると、

「五つですな。かわいい盛りです」

大岡の口調は淀《よど》んだ。

「なるほど、気鬱にもなるはずだ」

「まこと」

大岡は酒を飲んだ。

「そんな青山が、薬種問屋の娘に惚れこんだのだろう。さんざんに店にも顔を見せ、娘の尻を追いかけまわしていたと聞いたが」

京四郎の言葉に、大岡は首を傾げた。

「はて、そんな噂があるのですか。拙者が与力と医師……奥山堂庵《おくやまどうあん》という者ですが、そこから聞いたかぎりでは、件《くだん》の薬種問屋に奥山が勧めた薬種が多数あり、青山は通いつめていたという話でしたな」

「すると、青山は娘の尻を追いかけまわしていたわけじゃなく、薬を求めていたのかい。さぞや、貴重な薬だったのだな」

京四郎が問いかけると、

「まさしく、そのとおりです。大変に貴重な薬種があり、桔梗屋は手数をかけて入手しておったようです」

「そうか、ならば金が必要であっただろうな」

「八丁堀同心の俸禄《ほうろく》では苦しいでしょうな」

「もっとも、定町廻りの連中は、なにかと役得《やくとく》があるようだが」

京四郎が言うと、大岡は聞こえないふりをした。そこは責めずに、

「すると、金を借りたり、質屋を利用したりもしただろうな」

「そのようです」

大岡は認めた。

なるほど、噂とは大違いである。これだから、噂を鵜呑みにしては危ないのだ。

それに、噂というのは無責任、しかも、醜聞めいた内容が好まれるものだ。

松子は読売屋の性《さが》か、そうした派手な話に食いつきやすい。読売屋の罠に陥《おちい》ってしまったのではないか。

「いまのところ、悪い噂はあくまで噂の域を出ておりませぬが、この先どうなるかと多少の危機感を抱いております」

大岡の心配はよくわかる。

「ところで、徳田殿が懇意《こんい》にしておられる読売屋……たしか、夢殿屋と申しまし

たな。夢殿屋では今回の一件に、どのように対応するのでしょう」

松子の動きが気になるようだ。

「読売屋だからな。こうした一件は、いかにも読売向きだ」

京四郎は微妙な言いまわしをするに留めた。

「もし、夢殿屋が間違った噂を鵜呑みにした読売を出そうというのなら、どうか、止めてくだされ」

大岡に頼まれたが、京四郎は返事をせず、続く言葉を待った。

「なにも、奉行所の評判、拙者に悪評が立つのを恐れているのではございませぬ。夢殿屋がそんな読売を出せば、こちらとしましても見過ごしにはできませぬ。嫌でも取り締まらなければならないのです。そうしましたら、世の同情は夢殿屋に集まるでしょう」

ここで大岡は言葉を区切った。

京四郎は、異論はない、というように軽くうなずいた。

「そうなりますと、読売の記事が正しい、と受け止められるのです。真実が覆《おお》い隠されてしまう。南町奉行所への信頼は落ち、町人は疑心暗鬼のなかで暮らすことになりましょう」

「大岡さんの心配はもっともだな」

嘘偽りなく、京四郎は賛同した。実際、大岡が語ったと同じ理由で、松子が読売にするのを反対したのだ。

「それでは、夢殿屋には安易に読売にしないよう釘を刺してくださりませぬか。まさか、町奉行が頼むわけにもいきませぬでな」

苦笑する大岡に、京四郎は請け負った。

「そりゃそうだ。よし、任してくれ。おれがちゃんとする」

「ありがとうございます」

ようやくのこと、大岡は安堵《あんど》の笑みを浮かべた。

六

大岡が去ってから、京四郎は紺地無紋の小袖に裁着け袴という地味な装いのまま、夢殿屋に足を向けた。

京四郎が暖簾《のれん》をくぐっても、松子は帳場机で帳面に視線を落としたまま、顔をあげようとしない。華麗な片身替わりの小袖と違う、質素な格好をしているせいではないのはあきらかだ。

それでも、

「許せよ」

京四郎は武士らしい声をかけた。

顔をあげた松子であったが、なおもよそよそしい素振りで、

「いらっしゃいまし。なんにいたしましょうか」

などと、皮肉にも聞こえる問いかけをしてきた。

「読売だな。南町奉行所の醜聞を記事にした読売が欲しいぞ」

しれっと京四郎は返した。

松子は複雑な表情を浮かべてから、

「あいにく、お侍さまのお求めの記事は、まだ出しておりません」

と、返す。

「近々にも出るのかな」

京四郎は問いを重ねた。

ここにいたって松子は、

「京四郎さま、冷やかしにまいられたのですか」

困ったような顔つきで、小さく息を吐いた。

「青山文蔵の一件、具体的な記事ができあがったのか」

「おや、気になりますか」

「ああ、なるな」

「大岡さまが困るのを恐れていらっしゃるのですか」

松子は強気の姿勢を崩さない。

「松子……噂を鵜呑みにすると、大恥を搔くぞ。そればかりではない。読売屋として立ちゆかなくなる」

「わかっていますよ。覚悟のうえです。南の御奉行所から潰《つぶ》されても、あたしはやりますよ。断固として出します」

もはや意地になっている。

「裏は取れたのか」

京四郎が静かに問いかけると、

「取れました」

つっけんどんな口調で、松子は答えた。

「どんな具合だ」

「言えません」

「すっかり、おれを敵扱いだな」

京四郎は薄笑いを浮かべた。

「しっかりと裏が取れました」

松子は強調した。

「どんな」

「ですから、申せません」

なおも首を左右に振る松子に、

「青山文蔵は、三月前にひとり息子を病で亡くしたんだってな」

京四郎は問いかけた。

「ええっ」

松子は首をひねった。

「まだ五つの幼子だったそうだ」

京四郎が言い添えると、松子は黙りこんだ。

「青山は、我が子の病が癒えるよう必死だった。当然だな。そこで血眼になり、高額な薬を探し求めた。それで借金を重ね、質にも入れた。そんな青山が、娘の尻を追いかけまわすものかな」

首をひねり、京四郎は疑問を投げかけた。

「それは……京四郎さま、それはまことですか」

松子は早口になった。

「嘘を吐くわけはないぞ」

京四郎は微笑《ほほえ》んだ。

「どこから、そんな話をお聞きになったのですか」

「それこそ答えられんな」

今度は京四郎に断られ、松子は絶句した。

「どうやら、真実を確かめもせずに、記事にしようとしているようだな」

京四郎の指摘に、松子は小さく首を縦に振った。

「立ち止まれ」

強い口調で、京四郎は言った。

「しかし、いまさら、そういうわけにはいきません」

困ったように松子はつぶやく。

「困ることはあるまい。まだ出していないのだからな。思いとどまれば、それで済むじゃないか」

　京四郎の説得に、

「それが……できないんですよ」

　松子にしては歯切れの悪い言葉で返した。

「どうしてだ」

「その前に、京四郎さま、青山が火付けではなかったとしますと、やくざ者の紋吉の仕業で間違いないのですか」

　松子は疑問を投げかけた。

「火付け犯が紋吉であったのか、それともほかにいるのかはわからぬ。だがな、少なくとも青山ではない。松子が読売の記事にするのなら、火付けの下手人がはっきりしてからにしたほうがいいな」

　京四郎の忠告に、

「そうかもしれませんが」

　松子は天を見あげ、ため息を吐いた。

　決して意地を張っているのではなく、たしかに困ったことがあるようだ。

「どうしたのだ」

京四郎は問いかけた。

「それが……」

相変わらず、松子ははっきりとしない。

「おい、いいかげんにしろ。おれと松子の仲ではないか」

その京四郎の言葉で、松子の顔つきはやわらかになった。

「話してくれ」

京四郎が言葉を重ねると、松子は何度かうなずいて話しはじめた。

「南の同心さんに、話を聞いたのですよ。それで、その同心さんは南町奉行所を弾劾する、その代わり奉行所にはいられないから、百両が欲しい、江戸を出てゆく、とおっしゃいましてね」

松子は黒門町の小料理屋浮舟で、大宮幾多郎と会って聞いた話をした。

南町奉行所の闇を暴きたてる覚悟を決めた大宮の頼みとあって断れず、百両の支払いと読売を出すのは二十日後という条件を受け入れたことも打ち明けた。

「安請け合いしたものだな。それで、百両の目途《めど》は立ったのか」

京四郎に問われ、

「どうにか……」

松子はうつむいた。

「大宮はいつ取りにくるのだ」

「今夕にです、払わないほうがいいですよね」

「いや、払ってやれ」

「まあ、そうなのですか。記事は出さないほうがいいんでしょう。だったら、大宮さまに謝って、お支払いできません、と多少の詫び賃で済ませてもらおうと思うんですけど」

松子は算盤玉を弾いた。

大宮にいくら払えばいいのか、算段をしているようだ。

「百両そっくり払ってやれ」

京四郎は繰り返した。

「どうしてです……あ、そうだ。そもそも大宮さんは、どうしてあたしに間違ったことをお話しになったんでしょうね……まさか、大宮さまが」

目を大きく見開いて、松子は息を呑んだ。

七

夕刻、夢殿屋に大宮幾多郎がやってきた。

夢殿屋は暖簾が取りこまれ、行灯《あんどん》の淡い灯りが無人の店内を浮かびあがらせている。松子は帳場机に座したまま、

「大宮の旦那、ようこそお越しくださいました」

と、深々と頭をさげた。

大宮は軽くうなずくと、松子の前にどっかと腰をおろす。

「百両をお渡しする前に……」

帳場机に置かれた読売の下書きを、大宮に見せた。

南町奉行所の闇、と大きく題され、練達同心の大宮幾多郎、命を賭した訴え、という文字が躍《おど》っている。

内容は、大宮が語った青山文蔵による火付けと、やくざ者紋吉に濡れ衣を着せた経緯、南町奉行所による青山の口封じについて記されていた。

「うむ、これでよかろう」

大宮が承知すると、

「では、旦那の絵を描きますね」

松子は微笑んだ。

「うむ、男前に描いてくれ」

軽口を叩き、大宮は声を放って笑ってから、売りだすのは二十日後だぞ、と釘を刺した。

「わかっています」

と答えつつ絵を描き終えると、松子は紫の袱紗《ふくさ》包みを差しだした。

大宮は満面に笑みを浮かべて受け取った。次いで、袱紗包みを広げる。二十五両の紙包み、いわゆる切り餅が四つ、間違いなく百両だ。

「ならば、これで」

大宮は百両を小袖の袂《たもと》に入れて立ちあがった。

と、そこへ、

「大宮、ずいぶんと儲けたな」

声がかかった。

目をむいて、大宮は声のほうを見やる。

奥座敷の襖《ふすま》が開き、大岡忠相が現れた。

「お、御奉行」

大宮は口を半開きにし、大岡を見返した。

羽織、袴に身を包んだ大岡は、松子から読売の下書きを受け取り、行灯に近づける。ざっと目を通してから、

「嘘八百を並べては、正直幾多さんの名折れじゃぞ」

大岡は下書きをくるくると丸め、大宮に向かって投げつけた。丸まった紙は大宮の顔面に当たって、畳に落ちた。

大宮は口を閉ざし、うつむいたまま動かない。

「火付けは、そなたの仕業か」

乾いた口調で、大岡は問いかけた。

大宮の返事を待たず、

「奉行所で話を聞こう」

大岡は、「出会え」と大きな声を放った。

数人の中間、小者が入ってきて大宮の大小を取りあげ、縄を打った。

「引っ立てよ」

大岡が命じると、

「正直で生きるのが嫌になった……」

不意に、大宮はつぶやいた。

大岡は無言で顎《あご》をしゃくった。大宮は縄を打たれたまま、中間、小者に引き立てられていった。

奥座敷から、京四郎が近づいてきた。

「徳田殿、かたじけない。危うく、南町が不名誉にまみれるところでした」

大岡が感謝すると、松子はばつが悪そうに横を向いた。


三日後、京四郎と松子は黒門町の料理屋浮舟の小座敷にいた。

「今日は、あたしの奢《おご》りです」

松子は言った。

「無理するな」

珍しく京四郎が遠慮すると、

「頭に血がのぼってしまって、危うく百両を失うところでしたから。いえ、百両どころか、夢殿屋やあたしもどうなっていたのかって思うと、料理代は安いものですよ」

殊勝《しゅしょう》に松子は返した。

「大岡さんがな、謝礼だって三十両くれたのだ。払いは、おれに任せな」

京四郎の言葉を聞き一瞬、驚きの顔を見せたあと、松子はけろっと、

「じゃ、御馳走《ごちそう》になります
いつものごとく言動を翻《ひるがえ》し、

「ところで大宮幾多郎は、どうしたわけで火付けをしたんですかね」

と、あらためて疑問を呈した。

「大岡さんによると、大宮は正直幾多さんと称されるほどの正直者で通っていた。本人もそれを誇っていたのだが、ふと堅苦しさを感ずるようになったらしい」

魔が差した、としか説明できない、と取り調べで大宮は答えたそうだ。

青山が町廻りの途次、桔梗屋、丸屋、近江屋に立ち寄っていたのは知っていた。事情が事情だけに無理もない、とむしろ同情すらしていた。

そんなある日、桔梗屋が小火を出した。

「大宮は消火にあたろうとして、なぜか逆に火付けをし、小火を大きくしてしまったそうだ」

あわてて消しにかかったが、火は燃え広がり、桔梗屋は焼けてしまった。

「そのとき、大宮はえも言われぬ快感を覚えてしまったのだ」

京四郎は眉をひそめた。

大宮は火付けの衝動に耐えられず、丸屋と近江屋も火事にした。ここにいたって、火盗改が探索に本腰を入れはじめたため、大宮はやくざ者の紋吉が火付け犯だと、火盗改に密訴したのだった。

「紋吉が濡れ衣だと気づかれるのではという恐れと、正直者を貫かなければならない窮屈な暮らし……つまり、八丁堀同心の暮らしを捨て、江戸を出てゆくために大金を稼ごうとしたんだ」

京四郎は話を締めくくった。

小さくため息を吐いてから、

「正直幾多さんの心の闇が引き起こした、火付けだったんですね……それと、あたしの闇、お上の闇を晴らそうという意固地な正義が作りだした闇……ですね」

松子が思いつめたように言葉を並べる。

そこへ、大根と油揚げの煮物が運ばれてきた。

「こりゃ、美味そうだ」

立ちのぼる湯気に、京四郎の笑顔が霞《かす》んだ。

思わず松子の顔がなごんだ。

「さて、心の闇が晴れましたよ」

松子は「いただきます」と、元気よく箸を手に取った。

第四話　謎の妖怪屋敷

一

「奇妙な……あれはいったい、なんだったのでしょうか……」

男は、深い疑念と恐れに彩《いろど》られた顔で語った。

夢殿屋の奥座敷である。

卯月二十日の昼、梅雨入りには早いが、昨日から篠突《しのつ》く雨が降り続いている。

頭を丸め、黒の十徳《じっとく》を重ねている姿は、いかにも医者に見える。実際、男は上野池之端に住む医者、小野瀬草庵《おのせそうあん》だった。

二十五歳、若いながら腕がよいと評判で、しかも、貧しい者からは治療費、薬代を取らないという奇特な医者でもあり、上野界隈の庶民から親しみと尊敬を集めていた。

松子は、

「先生、まずは召しあがってください」

濃いめのお茶と人形焼きを、小野瀬の前に置いた。

勧められるままに小野瀬は、人形焼きをひと口食べたが、心ここにあらずといった顔つきだ。

実際、味わうこともなく無意識に湯呑を手に取り、無造作《むぞうさ》にお茶を飲んで、

「あっちち！」

と、あわてる始末だ。

松子は笑いをこらえ、

「よほど、困った目に遭われたのですね」

この生真面目な医者に問いかけた。

申しわけない、と謝りながら、小野瀬は手拭で畳にこぼれたお茶を拭いた。

お気遣いなく、と松子は止めたが、小野瀬は丁寧《ていねい》に拭き取った。

続いて、

「そうなのです。いまでもあれは夢だったのか……いや実際、わたしは屋敷から駕籠《かご》に乗せられて帰ってきたのだから、夢ではないのですが……」

混乱している頭の中を整理するかのように、小野瀬はゆっくりとした口調で述べたてた。

松子は辛抱強く、小野瀬が冷静になるのを待った。

やがて小野瀬は表情を落ち着かせた。

「すみませんでした」

恥じ入るように詫びてから、自分の身に起きた不思議な出来事を語りはじめた。


一昨日の夕方のことである。

往診から戻った小野瀬に、妹の龍子《たつこ》が、

「夕餉《ゆうげ》の支度《したく》をします。それとも、湯屋へ行かれますか」

と、問いかけてきた。

「夕餉を頼もう。腹が減って目がまわりそうだ」

「患者さんが筍《たけのこ》を届けてくださいましたよ。焼きましょうか、煮付にしますか」

龍子は料理上手である。さぞや、旬の筍の美味さを引きだした料理を出してくれるだろう。

「そうだな……まずは、焼いてもらおうか」

答えただけで、生唾《なまつば》が湧いてきた。

「お酒もつけますね」

「いや、酒はよい」

「あら、まだ往診があるのですか」

「急な患者があるかもしれんからな。夜風が生ぬるい、明日は雨だろう」

急患の依頼と天気が崩れるのに因果関係はないが、なんとなくそんな予感に駆られたのは、その後に体験する不思議な出来事の予兆だったのかもしれない。

ひと息入れようと、居間に入った。薬箱を置き、医学書を開こうとしたが、医療を頭から外さないとくつろげないな、と医学書を文机に置いたところで、

「御免くださいまし」

と、玄関から声が聞こえた。

さては急患か、と小野瀬が玄関に出ると、男が立っていた。

晒《さらし》に印半纏《しるしばんてん》を重ね、股引《ももひき》を穿《は》き、脇差《わきざし》を背中に差している。一見して、武家屋敷に奉公する中間《ちゅうげん》だ。

「小野瀬先生、大急ぎで御屋敷にいらしてください」

いきなり男は頼んできた。

「どちらの御屋敷ですか」

当然のように、小野瀬は確かめる。

「お連れしますんで……駕籠を待たせていますんで」

どこの誰の屋敷とは答えず、男は外を指差した。

「ですから、どちらの……」

空腹時に頭ごなしの頼みをされ、いささかむっとして問いを重ねた。

しかし、

「先生、急を要しますんで早く」

男は急《せ》かすばかりで、質問に答えようとしない。それでも、切迫した様子を見ると、患者の容態が心配され、そうなると小野瀬としても放ってはおけない。

「わかりました」

居間に戻り、薬箱を持った。そこへ、龍子が入ってきた。

「急患ですの」

龍子に問われ、小野瀬は首肯した。

「どちらですか」

龍子から聞かれたが、

「わからないのだ……ただ、容態が思わしくないようだ。ともかく行ってくる」

早口に返し、小野瀬は玄関に向かった。見送りに出た龍子を、中間はまじまじと見つめていたが、小野瀬にうながされ、

「どうぞ、こちらです」

と、小野瀬の案内に立った。

外には中間が言ったとおり、駕籠が待っていた。夜道とあって、先棒《さきぼう》と後棒《あとぼう》を担ぐふたりの駕籠かきは、提灯《ちょうちん》を持っている。

小野瀬が駕籠に乗りこもうとすると、

「先生」

中間に呼び止められ、振り返ったところで鳩尾《みぞおち》に衝撃を受けた。

次の瞬間、目の前が真っ暗になる。

中間に、拳で当身《あてみ》を食らったのだ。


目を覚ますと、座敷であった。雪洞《ぼんぼり》の灯りで、横に薬箱が置いてあるのがわかる。行灯《あんどん》ではなく雪洞なのが、ここが武家屋敷であることを示している。

半身を起こし、周囲を見まわす。

急患が待つ屋敷のようだが、気絶をさせて連れてくるとは、どういうつもりなのだ。そうまでして、素性を明かしたくないのか。

とすると、表沙汰にはできない事情があるのだろう。まずいことに巻きこまれてしまったか、と小野瀬は座敷を見やった。

雪洞の淡い灯りに、天井や襖《ふすま》が薄っすらと浮かんだ。

途端に、

「な、な、なんだ」

小野瀬は身体を震わせた。

天井と三方の襖のそこかしこに、妖怪の絵が描かれている。

天井には一つ目小僧、提灯お化け、河童《かっぱ》、襖には天狗《てんぐ》、雪女、ぬりかべ、化け猫などが、極彩色でおどろおどろしく描いてあった。

絵とはわかっているが、素性不明の屋敷に拉致《らち》同然で連れてこられた不安と疑念が、恐怖を掻きたてた。

この屋敷の主が悪趣味なだけで、決して妖怪屋敷ではない、と小野瀬は冷静になろうとした。

すると、

「……ろくろ首がいないな」

と、呑気《のんき》な言葉が口をついて出てしまった。

ここで、障子《しょうじ》に人影が映《うつ》った。丸髷《まるまげ》に結っているから女であろう。ここはどこですか、と問いかけようと、小野瀬は立ちあがった。

すると、女の首がにょきっと伸びた。

まさか……。

「ろくろ首か……」

口を半開きにし、全身に鳥肌が立つ。

唖然《あぜん》としていると、伸びた首が胴体に戻った。本物のろくろ首であるはずがない。見世物小屋で演じられるように、絡繰《からく》りがあるに決まっている。

自分を担いで楽しんでいるのか。小野瀬は戸惑いと腹立たしさで、胸がいっぱいになった。

そこで、障子がするりと開いた。

ろくろ首が入ってくるかと身構えたが、

「いらっしゃいませ」

と、三つ指をついたのは、礼儀正しい奥女中風の女だった。

「ここは……」

あらためて問いかけようとしたところで、食膳が運ばれてきた。

鯛の塩焼き、鯉の洗い、鮑《あわび》の煮しめ、鰹《かつお》の刺身、それに筍飯だ。加えて、蒔絵《まきえ》銚子《ぢょうし》が添えられている。

脇には奥女中が何人も控え、小野瀬の給仕にあたった。

「食事よりも、患者を診るのが先です」

小野瀬は誰にともなく語りかけた。

しかし、彼女らは小野瀬の言葉が耳に入らないのか、ひとりが蒔絵銚子を手に取ってお酌をはじめた。

別の女中は箸で鯛の身をほぐし、小皿に盛りつけている。

どうやら食事を終えないと、患者の診療にあたれそうにないらしい。診療しなければ、家に帰ることができないだろう。

酒は断ったが、鯛には箸をつけた。

骨はいっさいなく身はやわらかで、噛むと甘味がじわりと口中に広がる。閉じこもっていた空腹が顔を出し、ついつい箸が進んでしまう。

それを見た女中が、筍飯を碗《わん》によそってそっと差しだす。

龍子のことが思いだされた。

せっかく筍を料理してくれているというのに、今夜は腹が満ちて食べられそうにない。無駄な手間をかけて、申しわけなくなった。

それでも、筍飯はどんどん胃におさまってゆく。

ひとしきり食べ終えたところで、女中はすっと食膳をさげた。食事の間中、給仕以外のやりとりはなかった。

急患ではないのか。

困惑が深まるばかりだ。

やがて、

「御免ください」

と、男の声が聞こえた。

障子が開くと男が立っていたが、胸までは見えるが顔はわからない。墨染の衣を着ているところからして、坊主のようだ。

それにしても、この坊主は巨大だ。

やはりここは妖怪屋敷か。

思わず小野瀬は身を震わせた。

「おいでなせえ」

男は言った。肝《きも》が冷えるような野太く不気味な声だ。

逆らっては身に危険が及ぶ、と小野瀬は薬箱を持って座敷を出た。

男の岩のような背中が見えた。身の丈、七尺はあるだろう。見あげていると、坊主は振り返った。

「あっ！」

驚きの声を発した。

小野瀬を見おろす目はひとつだけ、しかも眉間の真ん中にある。頭は尖《とが》り、鼻は天狗のように高く、口は両耳まで裂けていた。

「ひ、ひ、ひえ〜っ！」

もはや我慢もできず、小野瀬は叫びたて尻餅《しりもち》をついた。

すると、巨人が両手を伸ばしてきた。

そのまま小野瀬は気を失った。

明くる払暁《ふつぎょう》、小野瀬は診療所の玄関で目を覚ました。

雨音が、耳朶《じだ》の奥に響いていた……。

二

「と、まあ、こんな体験でした」

語り終えた小野瀬に、松子が確かめる。

「どこの御屋敷だったかは、わからないのですね」

「さっぱりわかりません」

小野瀬は首を左右に振った。

「なにか危害を加えられましたか」

「あえて言えば、とてつもない恐怖を感じたことですが、考えようによれば、御馳走になったということになるかもしれないですね。まさか、本物の妖怪屋敷とは思いませぬが、あの屋敷はいったいなんだったのか。そして、なぜわたしを招いたのか。それが解けぬうちは、どうしようもないわだかまりが残り続けます」

怖気《おじけ》を震いながら、小野瀬は訴えかけた。

「それはそうでしょうね」

松子は同情した。

屋根瓦を弾く雨音が、小野瀬の不安を助長しているようだ。

この先、この妖怪屋敷の謎が解けなければ、小野瀬は夢に見続けるだろう。

「いや、こんなことを松子殿にお話ししましたのは、読売にできないか、と考えたからです。読売に書いていただければ、ひょっとしたら、妖怪屋敷についてなにかわかるかもしれません。興味を抱いた者、心あたりがある者が、夢殿屋さんに話を持ってくるかもしれませぬのでな。わたし以外にも、同じような体験をした者が名乗り出るかもしれない、と淡い期待を抱いた次第です」

小野瀬は一礼した。

「わかりました。読売にいたしましょう」

小野瀬を助けたいという義侠心とともに、妖怪物は売れそうだ、という算盤《そろばん》勘定あってのことだ。

「かたじけない。じつは龍子……わたしの妹が、すっかり怯えておるのです」

心配そうに、小野瀬は言い添えた。

「無理もないですわ」

「まったく、不思議な話です」

打ち明けたせいで、小野瀬の心にわずかなゆとりができたようで、人形焼きを味わいお茶を飲むと、安堵のため息を吐いた。

数日後、小野瀬の奇怪な経験談は読売になった。

評判は上々である。

記事の最後には、この屋敷に心あたりのある方は情報を寄せてください、と記した。

いつものようにやってきた徳川京四郎は、ふと興味を覚えたのか、読売を読んでいる。

今日は雨を気にしてか片身替わりの小袖ではなく、紺地無紋の小袖に草色の袴といった、いかにも武士らしい装いだ。

「京四郎さま、どう思いますか」

率直に松子は問いかけた。

「おもしろいな」

短く京四郎は答えた。

「おもしろいでしょうけど、妖怪屋敷ってなんでしょうね」

松子がふたたび問いかけると、

「物好きな大名の仕業《しわざ》だろうな」

あっさりと京四郎は言い放った。

「どうしてわかるんですか」

「屋敷の構造、奥女中、奉公人の数からして、大名屋敷であろう。それにしても暇《ひま》な大名だな。小野瀬をさらった馬鹿大名は、妖怪が大好きなのだろう。好きが高じて、妖怪遊びをしたくなったのさ」

「妖怪遊びですか……それで、どうして小野瀬先生が遊び相手にさせられたんでしょうね」

「さて、そこまでは想像できないな」

京四郎はもう一度、読売を手に取った。

「小野瀬先生がお出入りしているお大名屋敷でしょうか」

松子の考えに、

「それだと、あまりにもわかりやすいな。小野瀬だって見当がつくだろう。出入りしている屋敷なら、どこかでわかるはずだ」

京四郎に反論され、

「それもそうか」

松子は納得した。

「たちの悪い悪戯《いたずら》ということだ」

軽い口調で断じた京四郎であったが、松子は危ぶんでいる。

「これっきりですかね。あたしはなんだか、これからも災いが続くような気がするんですけど……こんなこと、小野瀬先生には言えませんけどね」

「何事も起きない、とは言えないな。小野瀬をなぜ妖怪屋敷に招いたのか、やはり、その辺のところが気になる。気まぐれ、遊びにしては、手がこんでいるな」

京四郎の言葉を受けてなにか思いついたのか、松子の顔が輝いた。

「そのお大名、きっと妖怪屋敷を開くおつもりなんですよ」

「なんだと」

松子の突拍子《とっぴょうし》もない考えに、京四郎は絶句した。

かまわず、松子は続ける。

「妖怪屋敷は、見世物《みせもの》小屋では評判ですからね。その殿さまは、これぞ妖怪屋敷を作ってやろう、江戸の民を驚かせてやろうと、大張りきりなんですよ。それで、実際の驚きようを見定めようと、なにも知らない小野瀬先生をさらった」

得意げに、松子は持論を展開した。

「なるほどな……と、そんなわけはない。どうして大名が、見世物小屋を営《いとな》むのだ。銭儲けのためではないにしてもだ。最初のうちは評判を呼ぶかもしれんが、民は飽きっぽい。次第に、変わり者の妙なお殿さまだと悪評が立つ。そうなったら、松子たち読売屋の格好のネタだ。あることないこと書きたてられるぞ」

京四郎は苦笑した。

「あたしは、あることしか読売にしませんけど、京四郎さまがおっしゃっているのが正解でしょうね」

あっさりと、松子は間違いを認めた。

次いで、見当違いの考えを述べたてたのを気にしてか、

「ほんと、人騒がせなお大名ですね」

と、妖怪好き大名をくさした。

「天下泰平が続いて、大名も趣味に没頭《ぼっとう》できるようになったのさ。趣味が高じて馬鹿な大名を生んでしまうこともある」

達観した物言いで、京四郎は評した。

「泰平はありがたいんですけどね……」

肩をそびやかし、松子は言った。

「なんだ、読売屋は泰平、平穏な世が続いては不都合か」

「そんなことありませんよ。読売だって泰平な世だからこそ大勢の民に読まれるんですから。戦の世では、読売を読む余裕なんてありませんもの。平穏無事な世に起きるから、珍しい事件や醜聞が興味を引くんですものね」

いかにも読売屋らしい考えだ。

「そうに違いあるまい」

「妖怪屋敷に関する読売、まだまだ売れそうな気がしますよ」

意気込む松子を前に、

「松子らしいな」

呆《あき》れ半分、京四郎は感心した。

「これでも、読売屋の端くれですからね」

「端くれどころか、堂々と真ん中に座っているじゃないか」

「あら、遠慮がちですわ」

「松子もある意味で化け物……妖怪だな」

そう言って、京四郎は高笑いを放つ。

「まあ、化け物はないでしょう。いくら京四郎さまでも失礼ですよ」

頬《ほお》を膨《ふく》らませて松子が抗議したところで、ひとりの男が遠慮がちな様子で、店内に入ってきた。

「すんません、妖怪屋敷のことで」

男が言うと、松子の目が大きく見開かれた。

坊主頭であるが、僧侶とは思えない雰囲気を漂《ただよ》わせている。また、医者にも見えない。どことなく世俗の垢《あか》にまみれているようなのだ。

「わては彫師《ほりし》で、茂辰《しげたつ》といいます」

茂辰は上方《かみがた》言葉で挨拶をすると、ぺこりと頭をさげた。大坂から江戸にやってきて、そろそろ半月が経つという。彫師は、人の肌に彫物を施すのを生業《なりわい》としている。

「わてが頼ってきた彫師がおりますのやが、その男、周吉《しゅうきち》というんですが、行方知れずになりましたのや」

不穏なことを茂辰は言った。

すると松子が、

「あの、それなら御奉行所に訴え出たらいかがですか」

と、勧めた。

「わかってまんがな。そやけど御奉行所は、お大名の屋敷には立ち入れませんやろ」

「じゃあ、お知り合い……ええっと、周吉さんは、どこかのお大名の屋敷で行方知れずになったっていうことなのかしら」

「十中、八九、間違いおまへん」

茂辰は胸を張った。

「ちょっと待って。藪《やぶ》から棒《ぼう》すぎてよくわからないんですけど、まず、どうしてうちを頼るの……妖怪屋敷に関係しているようなことを言っていたけど……まさか、周吉さんが行方知れずになったっていう大名屋敷は、妖怪屋敷のことなの」

松子が確かめると、

「そのとおりですわ。それで、夢殿屋さんを頼ったんです」

茂辰は松子を見返した。

「それで、どこのお大名屋敷なの」

松子は半身を乗りだした。

「大名のお名前はわかりませんけど」

茂辰が思いだそうとしたところで、京四郎が割りこんだ。

「そこが妖怪屋敷だと見当をつけたのは、どうしたわけだ」

「読売に書いてありましたわな。つまり、妖怪の絵だらけのお座敷です」

はきはきとした口調で、茂辰は答えた。

茂辰の知り合いの彫師、周吉は、いい仕事があると茂辰を誘ったのだそうだ。

なんでも、ひとりの背中に彫物を施すだけで、百両くれたらしい。

「とにかく景気がよろしいんで、どんな博徒の親分かと思ったんですわ。そうしましたら、お大名屋敷だっていうやおまへんか。そりゃ、びっくりしましたわ」

茂辰はおおげさに目をむいた。

「それで」

京四郎は話の続きをうながした。

「わても誘ってくれたんですが、周吉さん、どこのお大名屋敷かはわからん、と言うんです」

「それなら、妖怪屋敷じゃないかもしれないじゃない」

松子がくさすと、茂辰は首を横に振った。

「せやから、言うてるやないですか。妖怪の絵だらけのお座敷があったって」

「ああ、そうか」

すみませんねえ、と松子は謝った。

「それで、おまえの知り合いは、どうやって屋敷を訪れたのだ」

京四郎が問いかける。

「家の前に駕籠がつけられ、目隠しをされて御屋敷まで連れていかれたそうですわ」

茂辰の答えを受け、

「じゃあ、小野瀬先生と同じね。あ、いや、小野瀬先生は気を失わされたんだけど」

松子は言った。

「屋敷の所在を教えたくないのは、間違いないのだな」

京四郎は顎《あご》を搔き、思案をした。

「そうなんですよ」

しきりとうなずく茂辰に、松子が話しかける。

「茂辰さん、あたしのほうも妖怪屋敷に関するネタを集めていますから、なにかわかったらお報せしますよ。どちらに滞在しているの」

松子の言葉に、すんません、と軽く頭をさげてから、

「周吉さんの家ですわ」

と、茂辰は周吉の住まいを教えた。

湯島天神の近くにある、三軒長屋の真ん中だそうだ。

「ほな、吉報を待ってます」

丸めた頭を右手で撫《な》でてから、茂辰は出ていった。

三

その日の夕刻。

「龍子、戻ったよ」

帰宅した小野瀬は、妹を呼ばわった。しかし、返事はない。

湯屋にでも行ったのか、と小野瀬は、診療場の奥にある龍子の寝間《ねま》をのぞいた。

がらんとした空間が広がるばかりだ。

嫌な予感が胸を覆《おお》った。

いや、待て、悪いことが起きたとはかぎらない。落ち着くのだ。

そう自分に言い聞かせた。

すると、

「あら、先生」

と、近所の女房がやってきた。

お志那《しな》といい、診療所の賄《まかな》いをやってくれている。

「お志那さん、どうしました。頭痛が治りませんか」

龍子のことは置き、小野瀬はまずお志那の身体を気遣った。

「あたしは大丈夫だけど、先生、龍子さんと一緒じゃないんですか」

嫌な予感を裏付けるかのような言葉を、お志那は発した。

「いや、一緒ではありませんが、どうしてそんなことを……」

恐れを抱きながら、小野瀬は問い直す。

「先生から頼まれたって、お迎えがやってきたんですよ」

軽い口調で、お志那は答えた。

「わたしは龍子を呼んでいないが……その使いはなんと言っていましたか」

お志那を威圧しないよう気をつけながら、努めて冷静な口調で問いかけた。

「黒門町の料理屋、雨月《うづき》さんで急ぎの手術をしなければならなくなったんで、先生が龍子さんの手を借りたい、という口上でした」

たしかに、雨月には出入りしている。女将《おかみ》は小野瀬を信頼してくれていて、往診に寄ることもたびたびだ。

龍子は雨月の名前を聞いて、信用したのだろう。

「わかりました、ありがとう」

小野瀬はお志那に礼を言ってから、雨月に向かった。

雨月は、黒門町の表通りに店をかまえる高級料理屋である。大店の商人や寛永寺の僧侶などが利用し、大名もお忍びでやってくるという。

それだけに、一見《いちげん》はお断り、紹介がないと飲み食いはできない。

五百坪ほどの敷地を黒板塀が囲み、塀越しにのぞく黒松は枝ぶりがよく、庶民などはこの松を見物に訪れるほどだ。

立身出世を望む若者などは黒松を見あげ、いつの日にか雨月で飲食をし、芸者をあげて遊ぶのだと闘志を掻きたてる。

小野瀬は出世に無関心だし、高級料理を食べたいとも思わないが、女将のお勢《せい》に医者としての技量、誠実な人柄を見込まれて、出入りするようになった。

もっとも、飲食ではなく、負傷した客や奉公人の病の治療だ。

治療を終えると、お勢は診療費や薬代のほかに食事を勧めてくれる。最初のうちは断っていたのだが、それではお勢の好意を無駄にすると、折に詰めてもらって持ち帰るようになった。

土産にした折のほとんどの料理を、小野瀬は患者に分け与えている。

雨月に着くと、夕風に乗った檜《ひのき》の香りが鼻先をかすめた。玄関脇の帳場の障子が開き、お勢が顔を出す。

「おや、先生……」

お勢は小野瀬の来訪に、小さな驚きを抱いたようだ。

それを見れば、龍子がいないのがわかった。それでも、淡い期待を抱きながら龍子が来ていないかを確かめる。

案の定、

「いいえ、いらしてませんよ」

戸惑い気味に、お勢は否定した。

小野瀬は天を仰いだ。

「どうされたのですか」

お勢に問われたが、小野瀬は返事をするゆとりもなく、玄関を出た。

夕闇が濃くなっている。

ひょっとして、龍子は妖怪屋敷に連れ去れたのだろうか。

夕焼け空が、血に染まっているように見える。

どうすればいい。

探そうにも探しようがない。小野瀬は、ともかく夢殿屋に足を向けた。

四

夢殿屋に憔悴《しょうすい》しきった小野瀬がやってきたとき、折よく京四郎もその場に居合わせていた。

「先生、なにか」

気遣いながら、松子が問いかける。

小野瀬は、龍子が何者かに連れ去られた経緯を話した。

「手がかりは、雨月という料理屋だな。妹御を連れ去った者が雨月の名を出したということは、連中は雨月を利用しているのかもしれん」

京四郎の考えに、小野瀬はうなずく。

「最近、あんたと妹御が雨月に行ったのはいつだ」

「ええっと……十日ばかり前です」

「どうして、妹御と一緒に行ったのだ。料理を食べにいったのか」

「いえ、そうでは……その、なんです、雨月の女将さんから、ええっと……急を……急を要する患者が出たという報せがありまして」

小野瀬の口調が鈍《にぶ》った。

隠し事をしていると察した松子が、親身になって語りかける。

「妹さんの身に危機が迫っているんですよ。不都合なことでも、お話しくださいませんか。妹さんを助けるのに役立つかもしれませんからね」

「……では、くれぐれも内密に願いたいのですが。あ、いや、わしや龍子のことではないのです。迷惑を雨月さんにかけてしまいますので」

小野瀬は固く口止めをした。

「わかったよ」

京四郎が答えたのに続いて、

「これでも、口が堅いんですよ。読売屋なんかやっているんで、口の軽い女だなんて思われるかもしれませんけど、口が堅くなくちゃ、ネタが集まりません」

もっともらしい理屈を、松子は並べた。

ようやくのこと、小野瀬も納得したようで、

「申しましたように、十日ばかり前のことです。雨月の女将、お勢殿から緊急の呼びだしを受けたのです。何人も食当たりが起きたと聞きまして。それで、龍子と一緒に出向いたのです。食当たりが出たとあっては、お店の沽券《こけん》にかかわります。営業の停止、食当たりの状況によっては、店の閉鎖もありえましょう。日頃、親切にしていただいているお勢殿の苦境を思い、わたしも龍子もお役に立とうと雨月に向かったのです」

雨月に着くと、五人ばかりが食当たりで苦しんでいた。その五人は、いずれも武家であった。

「食当たりは、相当にひどいものでした。三人は命を取り留めたのですが、ふたりは手当《てあて》の甲斐もなく、命を落とされました」

助かった三人は牡蠣《かき》にあたったのだったが、ふたりは河豚《ふぐ》だったそうだ。

この時代、河豚は中毒性のある魚ということで、幕府は食するのを禁止している。それでも、いや、そうであればこそ、よりいっそう食べたがる者がいるものだ。彼らは大金を積んで、ひそかに河豚を料理させた。

「あのときも雨月さんは、金をつかまされたうえに、河豚を出さなければ二度と利用しない、溜まった掛金《かけきん》も払わない、と無理強いされて、しかたなく料理したそうです」

お勢を思いやりながら、小野瀬は語った。

「その武家というのは何者だ」

「名前は教えてくれませんでした。それに、わたしも目の前の患者の手当で必死でしたので、深くは確かめなかったのです」

小野瀬の言葉に偽りはなさそうだ。

「その武家は、雨月に相当な無理が利くようだな」

京四郎の言葉に、松子が眉をひそめて見返す。

「とすると、そのお武家さまは……」

「小野瀬さんを妖怪屋敷にかどわかした大名だろうな」

京四郎の推量に賛同してから、松子が尋ねた。

「手当されてたときに、殿さまのようなご立派な身形《みなり》の方がいらしたんじゃないですか」

「さあ……申しましたように必死でしたので」

小野瀬は、「すみませぬ」と悪いことでもしたように軽く頭をさげた。

「なにも謝らなくてもいいが、なにか気にかかったことはないか。なんでもいい。取るに足りないことでもいいさ、思いだしてくれ」

京四郎が頼むと、小野瀬はしばし思案をするように口を閉ざした。

しばらくしてから、

「そう言えば、ひとりの年長者が立派な身形、そう、絹の着物に綸子《りんず》の羽織を重ねておられました。まわりのお武家方は、その年長者にひどく気を遣っておったようです。おそらくは、彼らの主《あるじ》だったのでしょう。それで、その年長者が、河豚にあたった者について、馬鹿どもが祟《たた》りに遭ったのだ、と突き放すような物言いで冷笑を放たれたのです」

小野瀬は不愉快そうに、小さく舌打ちをした。

「それで、あんたはなにか答えたのかい」

興味を抱き、京四郎は問い直した。

「わたしには、その言葉がひどく無責任に聞こえました。その年長者が、雨月に河豚を無理やり料理させた結果、ふたりはあたってしまったのですから。それでつい、よけいなひとことを漏らしてしまったのです」

悔いるように小野瀬はうなだれた。

「どんな」

京四郎は興味を抱いた。

「怪力乱神《かいりよくらんしん》を語らず……です」

一言一句《いちごんいつく》、嚙みしめるようにして、小野瀬は話した。

松子はぽかんとなり、

「かいりょく……なんですって……医術の言葉ですか」

と、小野瀬に問い返してから京四郎に、「ご存じですか」と確かめた。

京四郎は、

「論語《ろんご》にある言葉だ」

あっさりと答えてから、「論語も知らんか」とからかうように、松子に語りかけた。松子は唇を尖《とが》らせ、

「京四郎さま、見くびらないでくださいよ。あたしだって論語くらいは知っています。読み通したことはありませんけど。ひのたま……じゃなくて、子のたまわくってやつでしょう」

京四郎はうなずき、

「論語のなかで孔子《こうし》の弟子が、孔子は怪力乱神を語らなかった、と言った……つまりだな、不思議なものや怪しげなものなど、この世にはない。論語はそう語っている」

噛んで含めるように、京四郎は説明をした。

「そういうことですか。じゃあ、小野瀬先生はそのお年寄に、祟りなんかありませんよ、って言ったことになるんですね」

松子の問いかけに、

「つい、口走ってしまったのです」

小野瀬は言った。

「これで、絵図面が描かれたな」

京四郎はにやりとした。

小野瀬も、

「では、その年長者が、わたしを拉致したのでしょうか。だとしたら、祟りを馬鹿にされて仕返しをしてやろうと、妖怪屋敷を仕立てて、わたしの肝を冷やさせたあげく、恐れおののく様《さま》を見て楽しんだと」

「おおかた、そんなところだろうよ」

異をとなえず、京四郎は受け入れた。

「すると、妹さんはどういうことなんでしょう。小野瀬先生へのさらなる意趣返しで、かどわかしたんでしょうかね」

そこで松子が龍子を心配した。

「そうかもしれんが、それならば、小野瀬さんと一緒にかどわかせばよかったのだがな。ほかに理由があるのかもしれぬ」

「それもそうですね」

「すると、龍子は……」

苦悩を深め、小野瀬は顔を歪《ゆが》ませた。

「大丈夫ですよ。これで、お大名がどなたかわかります。雨月さんで確かめればいいのですよ」

松子の提案に、

「そうですな」

うなずいたものの、小野瀬は浮かない様子だ。お勢を巻きこむのを躊躇《ためら》っているようだ。

五

そのころ、

「周吉、どんな具合だ」

柳田白雲《やなぎだはくうん》は言った。

出羽国横手藩《でわのくによこてはん》八万石の隠居大名、柳田成高《なりたか》……隠居して白雲と号している。

ここは、根岸にある中屋敷の居間である。

「なかなか大変でさあ」

くたびれたような顔で、周吉は答えた。

「なにを弱音を吐いておるのじゃ。礼金なら、たんまりと出してやっておるではないか」

白雲は苦い顔をした。

還暦を過ぎ、髪は白くなり顔中に皺《しわ》を刻んでいるが、眼光鋭く肌艶《はだつや》はよい。

白絹の小袖に重ねた黒紋付の背中には、ろくろ首や一つ目小僧、雪女などの妖怪が極彩色で描かれていた。

「おっしゃるとおりですがね……」

なおも浮かない顔のまま、周吉は言った。

すると、家臣がやってきて、白雲に耳打ちをした。

「よし」

白雲は腰をあげ、周吉をうながす。

「わかりました」

不平な顔を見せつつも、周吉も白雲についていった。

白雲は軽やかな足取りで渡り廊下を進み、離れ座敷に向かった。

周吉は濡れ縁で控える。

白雲が座敷に入ると、奥の襖が開かれた。女が六人、こちらに背中を向けて座している。みな、長襦袢《ながじゆばん》を身に着けているだけで、小袖は着ていない。奥女中風の年増が、女たちの横に立っている。

白雲は、

「滝川《たきがわ》」

と、奥女中をうながした。

滝川は女たちに、

「大殿にお目にかけるのじゃ」

と、厳しい声で命じた。

女たちは、おずおずと長襦袢の上半身を脱いだ。いずれも抜けるような白い肌である。

そして、背中には彫物が施してあった。

異様な彫物である。

といっても、白雲が大好きな妖怪ではない。

六人の背中には、鱗《うろこ》のような絵柄が彫られているのだ。

「立ってみせい」

白雲が命じると、六人は立ちあがった。

「周吉、見事な龍じゃな」

白雲が言ったように、六人の彫物は龍であった。ただし、龍のすべてではなく、尾、胴体、足などが六人それぞれに彫られているのだ。

「動いてみせい」

白雲の命を受け、滝川が六人のそばに寄り、声をかけた。彼女らは腰をかがめたり伸ばしたりを繰り返した。

背中の龍がうごめいた。

しかし、肝心の龍頭を彫った背中がない。

そのことを白雲は嘆《なげ》くように、

「周吉、顔じゃ。顔を早く彫れ」

と、睨《にら》みつけた。

「それが、あっしの腕じゃ、大殿さまのお望みにかなう龍の頭は彫れませんや」

周吉は両手をついた。

「これだけ見事な龍の身体を彫ったではないか。そなたにできぬはずはない」

白雲の励ましにも、周吉は躊躇いを示す。

「いや、あっしの腕じゃ……」

「ならん。せっかく、格好の女を連れてまいったのじゃ。雪のように白い肌、しかも、龍子という名じゃ。これ以上の彫り甲斐のある女はおらぬぞ。彫師なら法《ほう》外《がい》の喜びじゃろうて」

快活な笑い声で、白雲は話を締めくくった。

「はあ……」

それでも、周吉の表情は晴れない。

白雲が、女を連れてこいと命じると、ほどなくして滝川が女を連れてきた。龍子である。

龍子も長襦袢姿であった。

「滝川」

白雲は滝川に向かって顎をしゃくった。

滝川は龍子を六人の左端に立たせ、次いで、長襦袢の襟《えり》に両手を差し入れ、さっと開いた。龍子は思わずしゃがみこむ。

それを、滝川が無理やり立たせた。

輝くような純白の背中が見えた。濡羽《ぬれば》色の髪が、肌の白さを際立《きわだ》たせている。

「どうじゃ、ひときわよき肌をしておろう」

自慢げに、白雲は周吉に語りかけた。

「本当ですな」

周吉も食い入るように見入った。

「彫り甲斐があるであろう」

「いや、大殿さま、かえってあっしの腕じゃ勿体《もったい》ないですよ。もっと腕のいい彫師に彫らせたほうがいいです」

辞を低くして、周吉は遠慮した。

「二百両やるぞ」

餌をちらつかせてみるものの、

「そりゃ、とってもありがたいんですがね、銭金の問題じゃありませんや」

どうしても周吉は受けようとはしなかった。

「意固地な奴め……ならば、いかにする。このままでは、それこそ画龍天睛《がりょうてんせい》を欠く、ではないか」

不満そうに、白雲は顔をしかめた。

周吉は唇を噛んでいたが、

「大殿さま、あっしの仲間を連れてきてください。以前、話しました大坂から呼んだ男です。そいつなら、立派な龍の頭が彫れます。幸い、いまあっしの家に逗《とう》留《りゅう》していますんで」

ここぞとばかりに、周吉は早口にまくしたてた。

「その者、まこと、腕はたしかなのだな」

どうやら白雲も、興味を抱いたようだった。

「あっしよりも上ですよ」

「よかろう、ならば連れてまいれ」

解放された安堵感からか、周吉は顔を綻《ほころ》ばせ、離れ座敷から出ていった。

白雲は龍子の裸の背中をしばらく見ていたが、

「ふむ、楽しみじゃ」

舌舐めずりをして、離れ座敷をあとにした。

渡り廊下を渡ったところで、

「父上」

と、呼び止められた。

息子で横手藩の藩主、柳田壱岐守成禎《いきのかみなりさだ》である。

「なんじゃ」

鬱陶《うっとう》しそうに、白雲は返事をした。

「龍子への彫物はやめていただきとうございます」

慇懃《いんぎん》に成禎は申し出た。

「ならん」

にべもなく白雲は断る。

「彫物は、背中に施すのではありませぬか。ほかの女でも間に合いましょう」

成禎は言葉を重ねた。

「龍子でなくてはならんのだ」

剣呑な目をする白雲に、なおも成禎は訴えかける。

「父上、お考え直しください」

「馬鹿者、そなたの考えなど聞きたくもないわ」

白雲は我が子に怒声を浴びせた。

「畏れ多いことではございますが、あえて諫言《かんげん》を申しあげます」

その場に座すと、成禎は居住まいを正した。

「ふん」

聞く耳持たないとばかりに白雲は歩き去ろうとしたが、成禎は、

「諫言つかまつる」

と、大きな声をあげた。

持てあますように白雲は苦笑を漏らすと、

「よかろう。暇潰《ひまつぶ》しにはなる」

小馬鹿にしたように言い放ち、成禎の前にあぐらを掻いた。

「このところ、父上にあられては、座興《ざきょう》が過ぎますぞ。物《もの》の怪《け》、妖怪の類《たぐい》を好まれるのは勝手です。その遊びもよろしいでしょう。ですが、雨月で家臣どもが河豚にあたって以来、目にあまるような過激さを帯びております」

たしかに白雲は、雨月に無理を言って河豚を料理させた。

「しかも、肝まで料理させたとか。そのうえ、毒味せよと家臣どもに食させるとは、およそ尋常な振る舞いとは思えませぬ」

成禎は、白雲の常軌《じょうき》を逸した振る舞いに我慢がならないようだ。

「あ奴らは、心構えが悪かったのじゃ。妖怪、物の怪を信ずるわしを、内心で馬鹿にしておった。いわば、罰が当たったのじゃ」

あっさりと白雲は言ってのけた。

もはや誰の意見にも耳を貸さない白雲を目のあたりにし、成禎は唇を噛んだ。

「そなた、公儀から目をつけられると恐れておるのであろう」

蔑《さげす》むように白雲は問いかけた。

「恐れております。父上の不行状により、当家が改易《かいえき》とまではいかずとも、減封《げんぽう》にでもなったら、御先祖さまに顔向けができませぬ」

「無礼者めが、言葉が過ぎようぞ！」

白雲は顔を歪めた。

「無礼者、親不孝者と、いくらでも誹《そし》ってくだされ、それでも父上を諫《いさ》めねばなりませぬ」

必死な形相で、成禎は繰り返した。

「開き直りおって。まあ、かまわぬ。そなたこそ偉そうに申しておるが、本音は龍子が欲しいのであろう。側室に迎えたいのであろう。なあ、どうじゃ」

意地悪く白雲は笑った。

「それは……」

成禎は、ごくりと唾を飲んだ。

雨月で、けなげに食当たりの者たちの手当をしている姿……美しさのなかにも聡明さをたたえた龍子に、成禎はひと目惚れをした。白雲の座興で、兄の小野瀬を迎えにいったとき、成禎は中間の格好をさせられた。

あのときも、龍子に見惚れてしまった。

龍子を白雲の毒牙にかけたくはない。常軌を逸した白雲は、龍子の背中に龍の頭を彫らせ、他の六人の女たちと並べて喜ぶつもりなのだ。

そんなことをして、なんになる。

背中に彫り物を施された女たちの将来は、どうなるのだ。

「よかろう。龍子はそなたにやる。ただし、龍頭の彫物を施してからじゃ」

毅然《きぜん》と白雲は言ってのけた。

「父上！」

「礼を申せ」

恩着せがましく、白雲は命じた。

「どうか、彫物はやめてくだされ」

最後の願いとばかりに、成貞は声を振り絞った。

「黙れ！」

一喝して白雲は立ちあがると、成禎を足蹴《あしげ》にした。抵抗する間もなく、成禎は廊下を転がった。

「馬鹿めが」

苛立たしげに白雲は吐き捨て、足早に立ち去った。

六

明くる日の朝、京四郎と松子は、黒門町の料理屋雨月を訪れた。

京四郎は片身替わりの小袖、左半身は白地に真っ赤な牡丹、右半身は紫地に金糸で雲と望月《もちづき》が縫い取られていた。

松子は薄桃色地に紫陽花《あじさい》を描いた小袖に草色の袴、洗い髪が風に揺れている。

松子が、小野瀬先生に紹介された、と断りを入れ、お勢への面談を求めた。

すぐに帳場部屋に通された。

松子は素性を明かし、京四郎を紹介した。

「まあ、あなたさまが天下無敵の素浪人、徳田京四郎さまですか……なんとも艶《あで》やかなお召し物ですこと」

感心したように、女将のお勢はしげしげと京四郎を見た。

「じろじろ見られると照れるじゃないか」

という言葉とは裏腹に、京四郎は余裕の顔つきである。

「今日は自慢の料理をお出しいたします。鰹も鯉も鮑も美味しゅうございますよ。

お望みの料理がございましたら、なんなりとお申しつけくださりませ」

　にこやかにお勢は言った。

「なんでもできるか」

　京四郎が確かめると、

「口に入るお料理でしたら、なんなりと」

　笑顔を崩さずお勢は返した。

「ならば、河豚が食べたい。鍋と刺身でな」

　平然と京四郎は返した。お勢は顔を引きつらせたが、取ってつけたような笑顔を貼りつかせると、

「ご冗談を」

　と、京四郎と松子の顔を交互に見た。

「本気だぞ」

　抑揚《よくよう》のない京四郎の言葉に、

「ご存じでしょうが、河豚は御公儀のご禁制《きんせい》でござります」

　真顔でお勢は言った。

「ほう、そうか。雨月ならば河豚を食せる、と耳にしたんだけどな」

首を傾げ、京四郎は言った。

お勢は黙りこんだ。

「女将さん、ここだけの話にしますから、協力してくださいな」

あくまで下手《したて》に出て、松子は頼んだ。

「協力とは、なんのことでしょうか」

額に汗を滲《にじ》ませながら、お勢は返した。

「小野瀬先生のお妹さん、龍子さんが行方知れずなんですよ」

「そのことでしたら、小野瀬先生がいらして、心あたりがないかと聞かれたんですよ。でも、あたしは本当に存じあげないので……」

うつむき加減になって、お勢は知らないと繰り返した。

京四郎が、

「なあ、ここは正念場だ。河豚であたった客を出したのが表沙汰になったら、店は取り潰しだぞ」

「脅しですか。徳田さまともあろうお方が、か弱い料理屋を脅されるのですか」

お勢は顔をあげ、京四郎をきっと見返した。

高級料理屋の女将だけあって、お勢は肝が据わっている。

「ああ、脅すよ。おれはな、公儀の役人でも大名、旗本でもない。天下の素浪人だ。雨月といったら、一見お断りの高級料理屋だ。おおいに脅し甲斐があるな」

京四郎は言い放った。

さすがに、

「そ、そんな」

お勢はたじろいだ。

「なんなら、雨月を贔屓《ひいき》にしている大名、旗本に、おれのことを言いつけろ。場合によっては、そっちと喧嘩したっていいぜ」

あくまで強気の姿勢を崩さない。

ここで松子が、助け舟とばかりに優しく語りかける。

「まだ、疑いの段階ですけどね、龍子さんは河豚騒動に関係したお大名に、かどわかされたかもしれないんですよ。このままにできますか。よおく、お考えください。ひとりの女が、不幸にも囚われの身となっておるのです。助けださなければいけないでしょう。小野瀬先生のご心労ぶり、容易に想像できますね。近所のみなさんから慕われ、頼られ、尊敬されている兄妹さんですよ。龍子さんの身にもしものことがあったら、小野瀬先生ばかりか、大勢のみなさんが怒り、悲しみます」

京四郎とは対照的に、松子は切々《せつせつ》と訴えかけた。

お勢は困ったような顔になった。

「女将さん、どうかご存じのことを打ち明けてください」

ここぞばかりに、松子は頼みこむ。

重苦しい空気が漂ってから、

「わかりました。わたしが知っていることならお話しいたします」

どうやら、お勢もようやく腹をくくったようだ。

松子が礼を述べてから、

「ならば、ずばり教えてくれ。河豚を食したのは誰だ」

京四郎は問いかけた。

「柳田の大殿さまです」

お勢は答えた。

「柳田の大殿……」

京四郎は松子を見る。

「出羽国横手藩八万石、柳田家の大殿さまです。お芝居やお相撲《すもう》を好まれ、洒落《しゃれ》のわかる気さくな大殿さまだ、という評判ですね。たしか、白雲という号で呼ばれているんじゃなかったかしら」

松子はお勢に視線を向けた。そうです、とお勢は認めた。

「柳田白雲、この店の常連か」

京四郎は問いを重ねた。

「贔屓にしてくださいます。うちには、ありがたいお客さままです」

「それで、河豚を所望されたら断れなかったというわけだな」

「はい……申しわけございません」

お勢は両手をついた。

「おれに謝らなくてもいいよ。それより、柳田白雲の人となりを教えてくれ」

京四郎は続けた。

「物の怪、妖怪が大好きで、よく妖怪の扮装をご家来にさせて、宴《うたげ》を張っておられます」

「家来にだけか」

「いえ、ときには役者衆やお相撲さんにも」

お勢が答えると、

「相撲取り……」

京四郎が松子に、心あたりがないか問いかけた。

「柳田さまのお抱え力士は、月山富田右衛門《がつさんとだえもん》ですね。関脇《せきわけ》を張っていますよ」

「力士というからには、さぞかしでかいんだろうな」

京四郎の問いかけに松子が答える前に、

「それはもう……お相撲さんのなかでも、ひときわ大きい方で、よく鴨居《かもい》に頭をぶつけておられるんですよ。そのたびに、はらはらさせられます。お座敷が壊れるんじゃないかって」

お勢は答えた。

「というと身の丈、六尺はあるか」

「六尺どころじゃありませんね。七尺はあるんじゃないでしょうか」

天井を見あげたお勢につられて、

「そいつはどでかいな」

京四郎も天井を見てしまった。

「ほんと、夜中に見かけたら、怪物に見えるんじゃないかしらね」

松子も驚きを口に出した。

「それで、月山富田右衛門とやらは、どんな妖怪に扮装させられているんだ」

「一つ目の巨人です。それはもう、すごい迫力なんですよ」

お勢は怖気《おじけ》を震った。

「一つ目の巨人か」

京四郎はおかしそうに笑った。

「京四郎さまも、妖怪がお好きなんじゃありませんか」

松子が言うと、

「おれは、妖怪を操る者に興味があるな。柳田白雲、会ってみたいぞ」

「近々、こちらにいらっしゃるご予定はありませんか」

松子が確かめると、

「明日の夕刻に」

お勢は答えた。

「そうか」

にんまりとする京四郎に、松子が言った。

「あたしたちも来ますか」

「そうだな、妖怪見物をさせてもらおうか」

京四郎は嬉しそうに答えた。

七

茂辰は、柳田屋敷にやってきていた。

周吉が待っていると迎えの侍に言われ、目隠しをされたまま駕籠に乗せられたのだ。目隠しを外されると、板敷の小屋である。

すぐに、周吉が入ってきた。

周吉の顔を見て、茂辰は安堵し、

「周さん、なんや、怖いところと違うか」

茂辰は怖気を震った。

「茂さんよ、たんまりと稼げるし、あんたみたいな腕のある彫師には、やり甲斐のある仕事が待っているぜ。こたえられない彫物の仕事がな」

周吉は茂辰の気を引くような話をした。

「ほんまかいな。ここは、周さんが言ってた、妖怪屋敷と違うのか」

茂辰は小屋の中を見まわした。

「そうだけどな、本物の妖怪が出るわけじゃないさ。言っただろう、彫師冥利《みょうり》に尽きる仕事だって」

「周さんがそこまで言うのやったら、楽しみなこっちゃな。江戸に来た甲斐があったというものや」

茂辰が返したところで、家臣が呼びにやってきた。

「さあ、行くぜ」

周吉は言った。

「楽しみや」

茂辰も勇みたった。


離れ座敷に通されたあとも、しばらくの間、待たされた。

「なんや、周さん、どんな彫物や」

たまりかねたように、茂辰は問いかけた。

「まあ、焦りなさんな」

余裕たっぷりに、周吉は一枚の書付を取りだした。

「これだよ」

周吉から受け取り、

「ほう、龍かいな」

茂辰はしげしげと見る。

ただし、龍の頭しか描かれていない。

「龍の頭だけを彫るのかいな」

首をひねり、茂辰は問いかけた。

「大殿さまのご趣向なんだ」

周吉は、七人の女性、おのおのの背中に龍の部位を彫らせ、動く龍にして楽しむのだ、と説明した。

「そら、おもろいけど……」

茂辰は思案をはじめた。

「どうした……おまえさんのことだ。俄然、やる気が起きたんじゃないか。大殿のご趣向の要《かなめ》は、なんと言っても龍の頭だからな。浪速《なにわ》の茂辰以外、見事に彫れる者はいないさ。おらあな、大殿に念入りに頼んだんだ」

周吉は声を大きくした。

「そら、ありがたいことやけどな、それだけにしくじれんわな」

「だから、自信を持てって。あんたなら、大殿のご期待に応えられるよ」

重ねて周吉に言われ、茂辰は唸《うな》り声をあげた。どうやら、真剣に思案をしているようだ。声をかけるのが憚《はばか》られ、口をもごもごと動かした。

ほどなくして、

「あかん……」

考えがまとまらず、茂辰は嘆いた。

「周吉はんが彫った六人の女子はんと、わてが彫る女の人を見せてもらえんやろうか」

「そりゃ、おいらの一存じゃ返事はできないな、よし、大殿に頼んでみるか」

周吉が返したところで、折よく白雲が姿を見せた。

周吉と茂辰は平伏する。

「茂辰とやら、期待しておるぞ」

機嫌よく白雲は言った。

茂辰は面を伏せたまま、周吉をうながす。周吉は言い淀《よど》んでいたが、

「いかがした」

白雲のほうから気づき、声をかけてきた。

周吉は面をあげ、茂辰が龍の頭を彫るにあたって、他の六人の彫物と龍子の背中を並べて見せてほしい、という願いを話した。

「畏れ多いことではございますが……なにとぞ……」

しどろもどろになりながら、周吉は頼みこみ、

「ほら、黙ってねえで、茂さんからもお願いしなよ」

と、茂辰の袖を引っ張った。

茂辰も、

「すんまへんけど」

と、願い出たところで、

「よかろう。もっともな願いじゃ。ならば……そうじゃ、明日、料理屋で披露させよう。彫物を施すにあたって、よき思案が浮かぶじゃろう」

快く白雲が受け入れ、茂辰も周吉も安堵の表情を浮かべた。

上機嫌で白雲が去ってから、入れ違いに藩主の成禎が入ってきた。

「そのほうか、上方から来た彫師というのは」

いきなり、成禎は茂辰に問いかけた。まるで、叱責《しっせき》するかのような口調である。

恐縮した茂辰が、そうです、と答えると、

「龍子の背中に彫物を施すこと、まかりならぬ」

甲高い声で命じた。

「そ、そ、そやけど……」

困惑して、茂辰は周吉を見た。

「お言葉ですが、大殿さまが彫れ、とおっしゃいますんで」

恐る恐る、周吉は言った。

「父の道楽は、御家を潰すぞ」

拳を握《にぎ》り、成禎は怒りの表情となった。

「すんまへんけど、大殿さまにおっしゃってください」

茂辰の言葉には答えず、

「すぐにも彫るのか」

成禎は問い直してくる。

これには周吉が、

「明日、料理屋さんで宴を催されるそうで、それからです」

かいつまんで、その経緯を説明した。

「そうか……」

成禎はつぶやくと、離れ座敷から出ていった。

「殿さまも大変やな」

「まったくだよ。道楽息子に頭を痛める親父は珍しくないけど、道楽親父に頭を抱える息子もいるんだな」

周吉も茂辰も、心なしか安堵の表情で笑った。


成禎はその足で奥書院に向かうと、龍子に彫物を施す考えをあらためるよう、最後の談判に及んだ。

「まだ申すか、諦めの悪い奴よな。龍子に彫物をさせるぞ。それは譲らん」

頭ごなしに、白雲は拒絶した。

「父上、この道楽が公儀に漏れれば、お咎《とが》めがございますぞ」

必死の形相で、成禎は訴える。

「なに、漏れやせぬ」

「家臣どもは口を閉ざしましょうが、女たちはどうでしょうな。女たちの口から漏れましょう」

「龍子は、そなたの側室にすればよかろう。他の女どもは……見飽きたら、口を封じてやればよい」

事もなげに白雲は言った。

「彫師はどうするのです」

「当然、用済みとなったら、生かしておく必要はないな」

「なんと無惨《むざん》な」

成禎は唇を噛んだ。

「まあ、深くは考えるな」

白雲が笑い飛ばす一方で、成禎は押し黙った。

「おまえも楽しめばよい。明日、雨月に同席せよ」

白雲は命じたが、

「行きたくはありませぬ」

成禎は固く拒絶した。

「来るのじゃ」

声を張りあげ、なおも白雲は命じる。

不満そうな顔のまま、成禎は奥書院から出ていった。

「馬鹿め」

侮蔑の表情を浮かべつつ、白雲は舌打ちをした。

八

明くる日の夕刻、宣言したとおり、白雲は雨月で彫物の宴を開いた。

大広間には、白雲と成禎、数人の重臣たち、さらには浴衣姿の月山富田右衛門が加わり、酒宴を催していた。

食膳には、贅を尽くした山海の珍味が饗されている。さすがに、中毒死があって間もないとあって、河豚料理は出ていない。

京四郎は松子とともに、雨月にやってきた。

小袖の左半身には薄紅色地に真っ赤な牡丹、右半身には浅葱色地に雲をつかむ龍が極彩色で描かれている。腰には、例のごとく妖刀村正を差していた。

調理場でお勢に、

「盛りあがっているな」

と、声をかけると、

「それはもう、大殿さまは上機嫌ですよ」

お勢は複雑な表情である。

ひと足先に宴をのぞいてきた松子は、

「彫師の茂辰さんがいらっしゃいますね。廊下で見かけました」

と、言った。

「大坂から来たという男か」

京四郎が応じてから、

「彫師まで宴に呼ぶとは、なにか意図があるのか」

と、疑問を呈した。

お勢は、自分に聞かれましても、とますます困惑を深めている。

すると女中が、駕籠が七つ、裏門につけられた、と報せてきた。七つの駕籠は、いずれも白雲が呼んだものだそうだ。

「女性ばかりだそうですよ」

お勢は言った。

松子は帳場部屋から出て、ふたたび廊下を奥へと向かった。

裏玄関から、七人の女たちが入ってきた。

みな、両目だけが出た頭巾《ずきん》を被らされているため、顔はわからない。玄関にあがり、白雲の家臣が女たちを導いてゆく。

不穏な雰囲気が充満している。松子は彼女らの行く先を見定めようと、足音を忍ばせながらあとをつけた。

七人の女たちは、奥の八畳間に入っていった。

それを見届けると、松子は帳場部屋に戻ろうとした。

すると、茂辰と見知らぬ男が歩いてくる。もうひとりの男は、茂辰が探していた彫師、周吉だろう。声をかけようかと迷っていると、

「周さん、厠《かわや》に行ってくるわ」

と、茂辰は別の方向に向かっていく。周吉は、そのまま女たちがいる部屋に入っていった。

松子は茂辰を追い、用を足すのを待ってから、

「茂辰さん」

と、声をかけた。

「おや、夢殿屋さんの……」

茂辰は松子に軽く頭をさげ、

「周吉さん、見つかりましたのや」

と、悪気もなく言った。

「茂辰さんが言っていた、妖怪屋敷で会ったのですか」

松子は問いかけた。

「そうなんですわ。これが、風変わりな大殿さまでしてな」

茂辰は、白雲の屋敷での経緯を話した。

「龍の頭の彫物を施すの。ふ～ん、あんまりよい趣味とは言えないわね」

松子は肩をすくめた。

「わてら彫師は、頼まれたら彫るよりほかありまへん。それに、たんまりと礼金がもらえるんで……」

へへへ、と茂辰は破顔した。

「さっき入っていった七人の女性たちが、龍の彫物を施しているのね」

「せやから、ひとりはまだですわ。その残りに、わてが龍の頭を彫るんです」

「その人、ひょっとして、龍子さんとおっしゃるんじゃないの」

松子が問いかけると、

「そうですわ。わても辰年やから、妙な因縁を感じたもんですわ」

「思いとどまったほうがいいわよ」

松子は止めたが、

「いまさら、それはできませんわ」

茂辰は困った顔をしてから、

「殿さまは龍子さんにぞっこんのようで、彫物を施すのを反対していらっしゃいますが。大殿さまは承知なさいませんわな」

と、言い添えた。

「とにかく彫っては駄目よ！」

強く言い置くと、松子は帳場部屋に戻った。


帳場部屋で、松子は白雲の邪悪な企みを京四郎に語った。

「茂辰は、藩主の成禎も来ていると言ったんだな」

京四郎は言った。

そうです、と松子が返すと、

「女将、成禎を知っているな」

と、確かめた。

「はい、存じあげておりますが……」

不安そうに、女将は答える。

「ここに呼んでくれ。白雲の爺さんに内緒でな」

もはや覚悟を決めているのか、反対することなく頼みを受け入れ、

「わかりました」

女将は出ていった。

「どうするんですか」

松子は問いかけた。

「茂辰の話によると、成禎は龍子に惚れているようだ。それはともかく、白雲よりはましな男だろう、ならば、白雲を懲らしめる手助けをさせるさ」

楽しそうに京四郎は言った。


ほどなくして、成禎が入ってきた。

京四郎と松子を見て、不思議そうに首をひねる。

「まあ、座りな」

京四郎は、自分の前を指差した。

「なんじゃ、そのほう……父に呼ばれた役者か。偉そうな物言いをしおって。ここは舞台ではないぞ」

立ったまま、成禎は言った。華麗な片身替わりの小袖から、役者だと思ったようだ。加えて横柄《おうへい》な物言いを、不愉快に感じているのだろう。

「役者じゃないよ。おれはな」

京四郎は立ちあがり、

「天下の素浪人、徳田京四郎だ」

と、成禎を正面から見据えた。

京四郎の威勢に成禎はたじろいだが、

「浪人めが、無礼な物言いをしおって……わしを呼びだすとは何事じゃ」

居丈高《いたけだか》に成禎は言い募《つの》った。

「まあ、座ろうじゃないか」

京四郎がどっかと腰を据えると、成禎もつられるようにして、すとんと腰をおろした。

「あんた、横手藩の藩主だろう」

京四郎の問いかけに、

「いかにも。浪人風情と同席するいわれはないぞ」

嫌な顔で成禎は返した。

「浪人風情で悪かったな。でもな、あんた、大名の身で、こういうところでご禁制の河豚を食べていたんだろう」

「ええ……」

「そのことはいいや。いまさら責めはしないさ。で、今日はお忍びなんだろう」

「そうじゃが……」

成禎の声が小さくなってゆく。

「親父の白雲斎さん、道楽が過ぎるようだな」

京四郎に指摘されると、

「いや、過ぎるということは……たしかに……父は、その……無聊《ぶりょう》を慰《なぐさ》めるため、趣味に没頭して……」

成禎はしどろもどろとなった。

「ここらで止めるのが、賢明なんじゃないのかい」

京四郎の言葉にうなずいたものの、

「わしの言うことなど聞かないのだ」

口惜しそうに、成禎は唇を噛んだ。

「ならば、お灸《きゅう》を据えてやればいいさ」

「そんなことができるのか」

成禎は不安と期待の入り混じった表情となった。

「まあ、任せな。ただし、親父の道楽の犠牲になった女たちは、ちゃんと助けるんだぜ」

「承知した、と言いたいが……浪人、そなたが父を懲らしめるなどできるのか」

成禎は困惑した。

すると松子が、

「お殿さま、徳田京四郎さまをご存じありませぬか」

と、あらためて問いかけた。

「徳田京四郎……天下の素浪人、天下無敵の素浪人の徳田京四郎、ああ、聞いたことがあるぞ」

はっとして成禎は、京四郎を見直した。

「京四郎さまは、畏れ多くも公方さまの……」

思わせぶりに松子は言葉を止めた。

成禎の表情が強張《こわば》る。

「噂を耳にしたことがあるが、徳田殿は将軍家のお血筋とは、まことか」

今度は上目遣いとなって、成禎は京四郎に視線を向けた。

「さてな、おれはそんなことはどうでもいいけどな」

さらりと京四郎は言ってのけた。

ごくりと生唾を飲みこみ、成禎は危ぶんだ。

「もしや徳田殿、公儀の内命で、当家を取り潰そうというのでは」

「おい、見損なうなよ。おれはな、公儀の犬なんかじゃないさ」

京四郎は、ぴしゃりと否定した。

「あ、いや、これはおみそれした」

あわてて成禎は詫びた。もはや、京四郎の力量を疑う気持ちは、微塵《みじん》も残ってないようだった。

九

宴が進み、白雲はほろ酔い加減となっていた。

「富田右衛門、一つ目小僧……ではない、一つ目巨人になれ」

白雲に命じられ、月山富田右衛門は巨体をのしのしと動かすと、大広間を出ようとした。

ところが、頭を鴨居にぶつけてしまった。

広間が揺れたが怒る者はなく、白雲などは、月山富田右衛門の妖怪ぶりを喜んでいる。

すると、庭に人影が立った。

夜の帳《とばり》がおりた庭は、石灯籠《いしどうろう》に灯りが入れられている。

華麗な片身替わりの小袖を着流し、すらりとした立ち姿は、あたかも白鶴《はくつる》が舞いおりたかのようだ。

「なんじゃ、役者か」

白雲は縁側に出た。

徳田こと徳川京四郎は、静かに白雲を見あげた。

「なにか芸を披露せい。褒美をやるぞ」

傲慢な物言いで、白雲は言った。

「褒美なんぞいらぬ」

京四郎は静かに告げた。

「ならば、なにしに来た」

顔を歪ませ、白雲は問いかける。

「妖怪を弄《もてあそ》んだ馬鹿大名を、懲らしめにきてやったのさ」

京四郎の言葉に、家臣たちがどよめいた。その騒ぎに乗じて成禎は大広間を抜け、奥に向かった。龍子たちを助けにいくようだ。

「無礼者め、何者ぞ、名乗れ！」

白雲は怒声を放った。

「天下の素浪人、徳田京四郎だ」

凜《りん》とした声で、京四郎は返した。

「浪人めが図に乗りおって。かまわぬ、斬り捨てよ」

白雲は家来たちに命じた。

家来たちは縁側から飛びおりるや、京四郎に殺到した。京四郎は村正を抜き放ち、風のように動いた。

峰を返し、ふたりの首筋、ふたりの胴、そして残るひとりの眉間《みけん》を打った。

あっという間に家来たちを倒され、

「富田右衛門、出合え！」

と、白雲は夜空に向かって叫びたてた。

月山富田右衛門は、墨染の衣を身に着け、一つ目の覆面を被っている。

目は眉間の真ん中にあり、頭は尖り、鼻は天狗のように高く、口は両耳まで裂けていた。

縁側を飛びおり、富田右衛門は両手を広げ、京四郎に迫ってきた。

「この期に及んで、なおも妖怪頼みか」

京四郎は哄笑を放った。

「うるさい！」

常軌を逸したように、白雲は喚《わめ》きたてた。

「ままよ、妖怪より醜《みにく》い爺さんにつける薬はないな」

突き放したような冷笑を、京四郎は浮かべた。

ときおり見せる、空虚で乾いた笑いだ。

「お目にかけよう、秘剣雷落とし」

静かに告げると、京四郎は妖刀村正を下段に構えた。

次いで、ゆっくりと切っ先を大上段に向かってすりあげてゆく。

にわかに雷鳴が轟《とどろ》き、雨が降りだした。

富田右衛門は雨空を見あげる。

風が強くなり、庭木が揺れ、石灯籠の灯りが消えた。

闇に閉ざされた庭で、村正の刀身が妖艶な光を発しながら、大上段で止まった。

妖光に、片身替わりの小袖が浮かぶ。

左半身は牡丹が真っ赤な花を咲かせ、右半身は雲をつかむ龍が天に飛翔している。

稲光が奔《はし》るや突風が吹き抜け、富田右衛門の覆面が飛んでいった。富田右衛門の、恐怖に引きつった顔が現れる。

白雲も茫然と立ち尽くしていた。

そこへ、ひときわ大きな雷が轟いた。

京四郎の小袖から龍が飛びたち、駆けあがったかと思うと、白雲に襲いかかった。

「ひえ～」

白雲は悲鳴をあげ、うずくまる。

容赦なく龍は白雲の襟を爪でつかむと、ふたたび飛翔した。

それでも富田右衛門は気力を振り絞って、京四郎に向かってくると、張り手を繰りだした。いつの間にか雨はあがり、星影が瞬《またた》いている。

張り手が虚空《こくう》を切り、富田右衛門の巨体が前にのめった。

京四郎は村正を斬りおろす。

峰が、富田右衛門の首筋を打ち据える。富田右衛門は、地べたにどうと倒れ伏した。

「あ、あああ、あ～」

庭で白雲が頭を抱え、のたうちまわったあげく、突如として笑いだした。

虚ろな目で、よたよたと歩きながら口からよだれを垂れ流し、気が触れたように笑い続けた。

五日後、夢殿屋の奥座敷で、京四郎と松子は小野瀬草庵が届けてくれた料理に舌鼓を打っている。

重箱に詰められた料理は、龍子がこさえたそうだ。筍の煮付、焼き物、筍ご飯、それに、木の芽の田楽《でんがく》が彩りよく盛りつけられている。

あの日、成禎は七人の女を解き放った。

彫物を施された六人はいずれも柳田家の奥女中で、成禎は十分な慰謝料を払い、引き続き、屋敷奉公を望む者は屋敷に置き、そうでない者は暮らしが立ちゆくように努めるそうだ。

白雲は心が病んだようで、妖怪や幽霊、とくに龍を見ると、子どものように泣きじゃくるようになったという。

「松子、今回の一件、読売にするのか」

京四郎の問いかけに、「もちろんです」と返事をしてから、

「天下無敵の素浪人、徳田京四郎、一つ目の巨人を倒す……これは評判を呼びますよ。いま錦絵を用意していますので、期待してくださいね」

胸を張って答えた。

「商魂たくましいな。妖怪すらも、松子にとっては読売のネタか」

京四郎は愉快そうに笑った。

「ちょいと京四郎さま、それって誉め言葉ですか」

口を尖らせ、松子は問いかけた。

「誉めているに決まっているだろう。これからも、おもしろい事件を持ってきてくれよな」

京四郎は筍ご飯を食べた。

筍の歯応えと甘味、焦げ目のついたご飯が香ばしい。松子も頬をゆるめ、旺盛な食欲を示した。

まもなく梅雨入りだ。

梅雨が過ぎれば夏、あたりまえだが時節は確実に移ろう。

思えば京四郎が江戸に来て、一年が過ぎようとしていた。

コスミック・時代文庫

無敵浪人《むてきろうにん》 徳川京四郎《とくがわきょうしろう》
四
天下御免の妖刀殺法

2024年4月25日　初版発行

【著 者】
早見《はやみ》 俊《しゅん》

【発行者】
佐藤広野

【発 行】
株式会社コスミック出版
〒154-0002 東京都世田谷区下馬 6-15-4
代表　TEL.03(5432)7081
営業　TEL.03(5432)7084
　　　FAX.03(5432)7088
編集　TEL.03(5432)7086
　　　FAX.03(5432)7090

【ホームページ】
https://www.cosmicpub.com/

【振替口座】
00110 - 8 - 611382

【印刷／製本】
中央精版印刷株式会社

乱丁・落丁本は、小社へ直接お送り下さい。郵送料小社負担にて
お取り替え致します。定価はカバーに表示してあります。

ISBN978-4-7747-6551-8 C0193

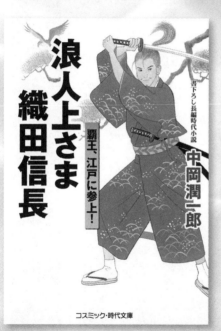

COSMIC時代文庫

吉岡道夫　ぶらり平蔵〈決定版〉刊行中！

①剣客参上
②魔刃疾る
③女敵討ち
④人斬り地獄
⑤椿の女
⑥百鬼夜行
⑦御定法破り
⑧風花ノ剣
⑨伊皿子坂ノ血闘
⑩宿命剣
⑪心機奔る
⑫奪還
⑬霞ノ太刀
⑭上意討ち
⑮鬼牡丹散る
⑯蛍火
⑰刺客請負人
⑱雲霧成敗
⑲吉宗暗殺
⑳女衒狩り

隔月順次刊行中

※白抜き数字は続刊

無敵浪人 徳川京四郎

【四】

天下御免の妖刀殺法

早見　俊

コスミック・時代文庫